Foto: © Jaume Sellart

Juan Marsé

Juan Marsé nació en Barcelona el 8 de enero de 1933. Desde los trece años hasta 1959 trabajó como operario en un taller de joyería. En 1959 empezó a publicar relatos en revistas literarias, y ese mismo año obtuvo el premio Sésamo de cuentos. En 1961 concurrió al premio Biblioteca Breve con *Encerrados con un solo juguete*, que resultó finalista con el mayor número de votos. Publicó en 1962 en Seix Barral su segunda novela, *Esta cara de la luna*. En 1965 obtuvo el premio Biblioteca Breve con *Últimas tardes con Teresa* (Seix Barral, 1966 y 2003). Posteriormente ha publicado *La oscura historia de la prima Montse* (Seix Barral, 1970), *Si te dicen que caí* (1973; Seix Barral, 1976; edición definitiva: Seix Barral, 1989), que obtuvo el Premio Internacional de Novela México, *La muchacha de las bragas de oro* (1978), ganadora del Premio Planeta, *Un día volveré* (1982; Seix Barral, 1989), *Ronda del Guinardó* (Seix Barral, 1984), Premio Ciudad de Barcelona, *Teniente Bravo* (Seix Barral, 1987), *El amante bilingüe* (1990), Premio Ateneo de Sevilla, *El embrujo de Shangai* (1993), Premio de la Crítica y Premio Aristeion, *Rabos de lagartija* (2000), Premio de la Crítica y Premio nacional de Literatura, ambos en 2001, y *Cuentos completos* (2003). También ha obtenido el Premio Juan Rulfo en 1997 y el Premio Internacional Unión Latina en 1998.

La gran desilusión

Seix Barral **Biblioteca Breve**

Juan Marsé

La gran desilusión

En cubierta:
Yvonne de Carlo © Bettmann/CORBIS

Primera edición en Seix Barral: abril 2004

Avda. Diagonal, 662-664 - 08034 Barcelona

www.seix-barral.es

ISBN: 84-322-1187-7
Depósito legal: B. 13.886 - 2004
Impreso en España

Prólogo
IMÁGENES Y RECUERDOS REVISITADOS

A mediados de 1970, por encargo de Carlos Barral y con destino a Difusora Internacional S. A., empresa vinculada a la Editorial Seix Barral, empecé a redactar una serie de textos y a seleccionar diversa documentación gráfica para un libro dedicado a una década del siglo XX *especialmente convulsa y muy decisiva en mi vida, los años cuarenta. El libro se publicó al año siguiente con el título* 1939-1950. Años de penitencia *(título, por cierto, con el que Barral bautizó el primer volumen de su trilogía memorialística, publicado en 1975). Acto seguido el editor me encargó la década de los treinta. Este segundo libro,* 1929-1940. La gran desilusión *(del que el presente toma su título), apareció a finales de 1972 con las mismas características formales y de contenido que el primero, una especie de miscelánea de imágenes y recuerdos que remitían tanto a noticias y fechas históricas como a vivencias, modas y costumbres vinculadas al acontecer cotidiano, a la memoria popular de la época.*

Eran libros un tanto singulares, no destinados, creo recordar, a la venta directa en librerías. En uno de ellos, en una breve nota de presentación, se dice: «Éste es un libro personal de recuerdos. Así ha sido íntegramente concebido. Sus partes impresas no pretenden consignar nada que el lector no sepa. Pretenden ordenar lo que se supo de la década de los treinta, de modo que en cualquier momento al cabo del tiempo, su lectura o el simple hecho de hojearlo permitan hacer memoria, resucitar el contexto público, universal, de lo que fue la vida de los hombres en esos años.»

Cuando acepté el encargo, en el setenta, yo estaba literalmente enterrado bajo el peso del indescifrable segundo manuscrito de lo que habría de ser mi novela más arduamente trabajada, más compleja de estructura y más densa de vivencias personales. Se iba a titular Si te dicen que caí *y por el momento era un galimatías de más de setecientos folios escritos a mano. Gérmenes de ficción que no lograba controlar ni integrar se me enredaban en el esquema inicial del relato, en el asunto central, el asesinato de una prostituta célebre en la Barcelona de los años cuarenta —un hecho real, pero eso no es relevante, no al menos en la literatura que a mí me interesa—, de tal modo que no acertaba a ordenar aquel caos y varias veces estuve a punto de abandonar el proyecto. Mi temor, en el estado de confusión en que me hallaba al emprender la composición de las décadas, una labor de hormiguita que exigía meses de dedicación y mucha paciencia, era que esas décadas me alejarían todavía más del proyecto que se me había atragantado. En el recuerdo de aquellos días me veo en la hemeroteca de la Casa de l'Ardiaca encorvado durante horas y horas sobre pesados volúmenes conteniendo colecciones enteras de viejos diarios y revistas gráficas, tomando notas y acumulando fotocopias. Sin embargo, contra todo pronóstico, esa inmersión en los duros años de la postguerra no logró apartar la novela de mis afanes. Al contrario, no sólo no me alejó de ella, sino que literalmente me volvió a meter dentro y estimuló y activó de manera decisiva el impulso narrativo inicial. Gradualmente se me aclararon dudas y recelos sobre cuestiones de tono y enfoque y concebí nuevas tramas, paisajes, ritmos y atmósferas, y, sobre todo, percibí los ecos, el pálpito y el aroma de una época y unas gentes, de una ciudad, de un barrio. Desfilaban ante mí los dos decenios más decisivos, espectaculares y horribles del siglo, y todo lo que desde las mustias páginas de aquellas revistas y diarios me saltaba a los ojos y al corazón, ya fuera algo célebre o trivial o extemporáneo, pasaba de un modo u otro a nutrir no sólo la recopilación documental, sino también la ficción literaria. Se complementaban, y el mismo afán y el mismo rigor obraron en la composición de ambos textos, en la crónica y en la novela. En las dos disciplinas viví sensaciones afines y el mismo deslumbramiento, y deseo dejar constancia de ello al lector de hoy.*

El presente volumen contiene la totalidad de los textos que dediqué a los diversos temas, dispuestos en capítulos (13 para la década de los treinta y 15 para la de los años cuarenta), y una nueva selección de imágenes teniendo en cuenta cuestiones de vigencia histórica, de composición gráfica y hasta de censura, o por mejor decir, ausencia de censura —naturalmente franquista. El asunto merece algún comentario, ya que sin duda el lector de hoy no dejará de advertir la cautela que el cronista empleó al consignar algunos hechos y noticias considerados entonces por el régimen como intocables y ejemplares en su versión oficial, cuando no calificados de gloriosos o imperiales —la retórica de las plumas adictas al Movimiento mantenía por aquellos años altas cotas de patrioterismo, carcundia y estupidez. No hay que olvidar que Franco aún no había muerto y por lo tanto España seguía siendo una Unidad de Destino en lo Universal, y aunque nadie sabía qué diablos era eso, y a pesar de que la Dictadura entraba ya en la recta final y pronto daría sus últimas boqueadas, el régimen volvía a mostrar su peor cara, la más intolerante y cruel, firmando sentencias de muerte. El cronista tenía pues que seguir reprimiendo cualquier intento, no ya de ajustar cuentas con la historia oficial y denunciar agravios y falsedades a la memoria colectiva, sino que, en relación con ciertos asuntos, no podía permitirse ni siquiera ser objetivo. La ambigüedad era el caldo de cultivo de la autocensura. El capítulo dedicado a la agonía de la II República (p. 25), por ejemplo, concluye anunciando la inminencia de la guerra civil en dos líneas de manifiesta ambigüedad: «Así inauguraba España uno de los períodos más sangrientos de su historia, abriéndose a sí misma una llaga que tardaría muchos años en cerrarse.» De haber escrito hoy ese texto, el cronista habría adjudicado la inauguración del sangriento período histórico, y en consecuencia la responsabilidad de la llaga tantos años abierta, no a España, sino al Caudillo y a las fuerzas fascistas que se levantaron en armas. Sin la menor duda.

Todo lo referente a las adhesiones y simpatías del gobierno a la política del llamado Eje, a los contactos diplomáticos de alto nivel con la Alemania de Hitler y la Italia de Mussolini, durante y después de la guerra civil, no podía por supuesto ser interpretado de manera que implicara una condena a la naturaleza inequívocamente fascista del régimen.

Ello se advierte en el capítulo Quién es quién *(p. 135) y muy especialmente en el titulado* La España neutral *(p. 145), un texto que conserva, leído hoy, un soterrado y conmovedor intento de decir entre líneas lo que no se podía decir: que la España de Franco se declaró neutral, pero no lo fue. Mediante el truco de presentar una lista de supuestamente relevantes hitos diplomáticos del régimen en los primeros años cuarenta, que iban desde los encuentros de Franco con Hitler y con Mussolini, rindiéndoles pleitesía, pasando por la visita del* Reichsführer *Heinrich Himmler a Madrid y a Barcelona con toda la parafernalia falangista y eclesiástica a sus pies, y terminando con la mención de ansias imperialistas a rebufo del arrollador avance del Tercer Reich (el disparate de la reivindicación española del Oranesado y de otras antiguas posesiones), el artículo pretendía poner en evidencia cuál era realmente el talante ideológico del franquismo y sus afinidades con los regímenes dictatoriales y criminales de Alemania e Italia. «Que el lector juzgue por sí mismo», concluye ingenuamente el cronista al término de la retahíla de descargos, que en realidad son imputaciones.*

¿Pude haber ido más lejos? Difícil saberlo. En tiempos de ignominia, el gusano invisible de la autocensura habita silencioso el lado más sombrío de la conciencia.

JUAN MARSÉ

Febrero de 2004

1929-1940

FINAL DE UN DECENIO FELIZ

1929. La década que entraría en la historia con el dulce título de «felices veinte» se disponía a despedir jubilosamente a los años más frenéticos, inconscientes y musicales que el siglo había proporcionado en lo que llevaba de vida. Sin embargo, contrariando un deseo tan adolescente como el mismo espíritu de los veinte, la década no moriría en olor de felicidad. Habían sido unos años inolvidables de seda y raso, de champaña y rubias platino, unos burbujeantes años cuya sociedad alegre y despreocupada reflejaba optimistas modelos: la mujer intrépida y el *dandy* deportivo alternaban con el cine sonoro y el negrito cantando *jazz*, los emocionantes aeroplanos, los raudos automóviles, la radio y el gramófono y los primeros balbuceos de la televisión. El rubio y espigado Charles Lindbergh, envuelto aún en el clamor popular que despertó su hazaña con el *Spirit of St. Louis*, se casaba con su no menos famosa prometida. Era la gran época de la aviación, del *Graf Zeppelin*, de la aventura hacia lo desconocido, de las expediciones al Polo, del navegante solitario y guapo como Alain Gerbault y de la poco femenina pero excitante e intrépida mujer piloto como Amelia Earhart: el hombre se sentía dominador del mundo, por técnica y entusiasmo. El *rally* automovilista y el *raid* aéreo estaban de moda e impusieron modas, las mujeres al volante, las boquillas y los *pyjamas* causaban furor y el voto femenino derramaba áureos sueños de emancipación y de accesibilidad a toda clase de placeres. Bajo el sol ígneo de una promesa de libertad, por vez primera en la historia la nueva mujer se había fotografiado luciendo sus prendas íntimas y había invadido las rubias playas del mundo mostrando sus nacarados muslos y la forma de sus pechos todavía sujetos a la «moda tabla» (de la que pronto se iba a librar); proclamó su derecho al aire libre, al deporte, a las emociones fuertes y al amor, fue entronizada Reina de la Belleza y recorrió la flamante pasarela de musicales comunidades reafirmando de una vez por todas su condición de compañera «igual» al hombre en toda clase de locas aventuras, desde la sentimental a la política, pasando por la profesional y la erótica. Los años veinte fueron eminentemente femeninos, y, por eso, rosados y blancos, vaporosos y perfumados.

El mundo pues, al llegar al año 1929, vivía convencido de que la paz y el optimismo reinante iban a ser eternos, indestructibles. Quedaba lejos y bien liquidado el siniestro período 1914-1918 (por eso la muerte del mariscal Foch fue como un símbolo: el entierro de una época), y la garra del fascismo aún se mostraba enguantada, tímida, y Mussolini con el tratado de Letrán parecía inaugurar un nuevo estilo de solventar rencillas, y el voto femenino y la victoria laborista en Inglaterra (por vez primera en la historia política inglesa) eran signo inequívoco de progreso, y en Estados Unidos la prosperidad «sin fin» (como decía el presidente Hoover) parecía eso, no tener fin...

En España, la caída de la Dictadura de Primo de Rivera, la brillante Exposición Universal de Barcelona y la maravilla de sus fuentes luminosas, los pasodobles *Valencia* y *El relicario* del maestro Padilla recorriendo el mundo, la hazaña aérea de Ramón Franco y las proezas de Ricardo Zamora bajo los palos de su portería en internacionales estadios futbolísticos aportaban también su nota de imprudente optimismo al armónico concierto universal de prosperidad, avance técnico, musical prestigio y larga paz.

Y sin embargo...

Un temblor subterráneo sacudía ya los cimientos de la década siguiente, produciendo la erosión que había de dar paso a diversas calamidades sociales.

Encastillados en sus rascacielos neoyorkinos, los millonarios observaban el majestuoso paso del zepelín (casi podían tocarlo con la mano, ¡qué tiempos de progreso y prosperidad aquellos!) sin notar las movedizas arenas económicas bajo sus pies. En Europa empiezan a surgir poderosos brotes del espécimen nazi y fascista, nadie que disponga de suficiente audiencia puede vaticinar que esta magna obra de reconciliación nacional, de pleno empleo y de glorias reivindicativas está incubando el germen de casi veinte años de ignominia, de terror y de muerte. Porque está expirando una década superficialmente feliz, los años del *glamour*.

Y sin embargo... Aunque asomaban insistentemente en el horizonte algunos negros nubarrones (China, la India de Gandhi, la solapada y progresiva ascensión de Hitler en Alemania, el misterioso ensimismamiento e infatigable laborar de la Rusia comunista), nada hacía temer a la alegre y confiada, empijamada y sedosa sociedad de los últimos años veinte la terrible sacudida, el «duro despertar» que trajo consigo de pronto aquel 24 de octubre de 1929: el crac de Wall Street y la consiguiente crisis mundial, con su secuela de huelgas, hambre y gangsterismo, inauguraron estrepitosamente la nueva década. El mundo entraba, a ritmo de *swing* y millonarios suicidas arrojándose desde las ventanas de los rascacielos neoyorquinos, en los largos y duros años treinta.

EL DURO DESPERTAR

«Nuestra nación está viviendo una verdadera edad de oro. Nunca ha sido tan próspera. Está cerca de la victoria, está cerca como ningún otro país lo ha estado nunca en la historia de la humanidad.» Esto decía el presidente Hoover, sonriente, el 4 de septiembre de 1929, rodeado de la flor y nata de una sociedad que nutría las crónicas mundanas del *Washington Post.*

En realidad, los días del «gran bienestar» estaban contados. Antes de que pasaran dos meses, al llegar el *jueves negro*, 24 de octubre, cuando la Bolsa de Nueva York registró las primeras grandes bajas, todavía muchos responsables políticos y financieros se empeñaban en creer que se trataba de una crisis pasajera fácilmente superable. Es cierto —decían los optimistas— que algunos millones de acciones han invadido de pronto el mercado, provocando una caída de precios, pero tras el juego imprevisible de la Bolsa ¿no está acaso la sólida estructura de la industria, no está la nación entera con sus riquezas y su trabajo? Los días siguientes se encargaron de demostrar que aquella estructura económica era muy frágil, fundada enteramente en el crédito y garantizada solamente por una hipotética continuidad de la expansión progresiva del consumo. El gobierno no pudo intervenir por carecer de instrumentos adecuados. El pánico se apoderó de accionistas y especuladores, y la situación se precipitó rápidamente en el caos. Cinco días después, el 29 de octubre, el desastre era completo: millones de norteamericanos estaban arruinados, hundidos. Era el fin del hermoso sueño de Hoover.

Largas colas de parados se formaron en los puestos de subsidios improvisados por el gobierno. La angustia y la desesperación se adueñaron del país entero, se asentó en el corazón mismo del *American way of life*. Y la crisis repercutió inevitablemente en Europa, especialmente en aquellos países donde eran mayores las inversiones yanquis, más frágil la economía y más profundas las heridas de la guerra (Alemania y Austria), donde aumentó el paro y la ya difícil y precaria situación política se hizo explosiva.

En Estados Unidos, durante la Gran Depresión, el número de parados alcanzó la cifra récord de 13.500.000. Y al ritmo de la canción de moda, *Parlami d'amore, Mariú*, empezaron a sucederse las sangrientas oleadas del gangsterismo que desde los años veinte operaba encastillado en Chicago. Para el gran Al Capone, detenido en 1929 y acusado de evasión de impuestos, era el principio del fin. Juzgado en 1931 y condenado a once años de cárcel, fue puesto en libertad en 1939 por estar gravemente enfermo de sífilis. Vivió aún más de seis años, en Miami, fabulosamente rico y llevando una apacible existencia de burgués. Pero durante sus años en Alcatraz, otros nombres iban entrando en la leyenda: Dillinger, Bonnie Parker y Clyde Barrow, Jack *Legs* Diamond, Dan el *Dandy*, Hymie el Polaco, Larry Fay y tantos otros que, escoltados por sus guardaespaldas y con novias y amantes que les seguirían hasta el fin con el revólver en el bolso, estaban labrando, en medio de una sociedad asustada y humillada por la depresión económica y moral, la crónica negra de los años treinta, la balada de Chicago, la leyenda de unas vidas violentas que no eran, en el fondo, más que un reflejo externo de la soterrada violencia que presidía una sociedad corrompida por los negocios. Casi todos ellos acabaron ante ráfagas de ametralladora. Elliot Ness y su famosa brigada de «incorruptibles» luchando contra el imperio del crimen, conseguirían menos éxitos de los consignados por la crónica de aquellos años: en realidad, los gángsters se eliminaban entre sí por rivalidades internas y por su mutua competencia en el control de zonas urbanas de influencia. Desde la célebre noche de la matanza de San Valentín en un garaje de Chicago (obra de Al Capone) en febrero de 1929, hasta la muerte de Dillinger en julio de 1934, abatido a tiros por el FBI al salir de un cine, la opinión pública norteamericana fue constantemente sacudida por asesinatos en plena calle, en restaurantes y tiendas.

La sociedad que se encontraron estos hombres al organizar el sindicato del crimen estaba tan profundamente corrompida (Johnny Torrio solía decir con orgullo: «La policía es mi propiedad privada.») que el éxito del gángster se debió no a un ataque contra el orden social, sino a una incondicional adhesión a sus premisas. Por eso Al Capone, al ser condenado, pudo decir: «Todo el país quería aguardiente, y yo organicé el suministro de aguardiente. En realidad quisiera saber por qué se me llama enemigo público... Yo sirvo a los intereses de la comunidad. Hago esto tan bien como puedo y procuro que los daños sean tan pequeños como sea posible. No puedo cambiar la situación del país. La afronto. Eso es todo.»

EVA AÑOS TREINTA: LA MORAL, «DESNUDISMO» Y OTRAS MODAS

Con la crisis económica mundial inaugurando la década, nada permitía suponer que podía al fin concluir satisfactoriamente una época de grandes reivindicaciones para la mujer, tanto en el aspecto frívolo de las diversiones como en el serio de las profesiones. Hasta hacía muy poco, todavía en los últimos años veinte, la mujer era un frágil objeto doméstico (una loca porcelana de lujo, en el mejor de los casos) encerrado con siete llaves. En muchos sectores de la sociedad, aquella misma sociedad que enloquecía con el charlestón y los negritos cantantes de *jazz* (eso sí, vestidos de esmoquin y pintureros, inofensivos), se le negaba todavía a la mujer una real posibilidad de independencia: moralmente se la consideraba insolvente, deportivamente torpe, sexualmente infantil y políticamente risible.

Esta anómala situación iba a cambiar en los años treinta. Para empezar, el sufragismo, una de las viejas consignas de los movimientos feministas de todo el mundo, fue liquidado con pleno y definitivo éxito. La mujer, organizando manifestaciones y enarbolando pancartas, se lanzaba ahora a la calle exigiendo mejores sueldos y acceso a profesiones todavía consideradas exclusivamente masculinas. Paralelamente a esta actitud «viril», la Eva de los primeros años treinta se afeminó, se redondeó, se liberó de la «silueta poste» y el «pecho tabla». Sin temor se lanzó a exhibirse en concursos internacionales de belleza y se vio aclamada manejando aeroplanos, veloces automóviles e infernales motocicletas. Hasta entonces, el ideal femenino se basaba en un traje recto, una boina que se caía, un pelo rubio casi de plata, unos labios en forma de corazón y un bolso con un fúlgido encendedor dentro. Accesorios de la seducción más rosa. Silueta cuaresmal y visionaria, que se repetía hasta la náusea porque estaba fabricada en serie. El trabajo, la velocidad, el deporte y el traje de baño «dos piezas» cambiaron por fin esta imagen que había sido, por otra parte, y por tantos conceptos, entrañable.

Entonces, la ropa interior conoció su más gloriosa época. Y triunfó el pijama, las plumas, el cuero, la gabardina, el suéter, el traje de hombre a lo Marlene y la boina. Proliferaban toda clase de concursos de belleza y la mujer se apuntó a todos: al de «Misses», al de las *Piernas más Bonitas*, al de la *Espalda más Perfecta*, al de los *Ojos más Bellos*, etc. Las revistas de moda descubrieron (y describieron) el cuerpo femenino.

En España, la II República instauró el divorcio, frenó la censura cinematográfica y de espectáculos, promulgó el fin de la prostitución organizada y limitó el poder de curas y monjas en materia de enseñanza. La tela de los trajes de baño femeninos se transparentaba y alguien afirmó que éste era el más grave pecado de la República. Victoria Kent era para muchas mujeres el nuevo ideal, el símbolo de los nuevos tiempos. Oficinistas y obreras jóvenes y desenvueltas eran entrevistadas en la prensa, hablaban de salarios insuficientes, de huelgas necesarias y legales, de libertad, y criticaban al gobierno y a los políticos mojigatos. Era también la época de oro de la revista musical; las más famosas *vedettes* tenían una vida pública y consistente y las vicetiples se decidieron a lucir por vez primera sus pechos desnudos en el escenario. El erotismo, entendido como expresión de los tiempos nuevos o incluso como acicate para la creación intelectual en cualquier actividad humana, emprendió en los años treinta un camino que truncaría la segunda guerra mundial para reinstaurar la conciencia del castigo junto con las ruinas, el miedo y el puritanismo. Pero en los treinta, las mismas revistas gráficas tenían un aire de pasarela de *music-hall*. El dibujo y la fotografía artística dedicaban gran atención al desnudo femenino. El semanario *Crónica* ofrecía puntualmente a sus lectores las famosas *Fotos de Arte* de Mannasé, una artificiosa y sublimada galería de mujeres sedosas entre luces y sombras de estudio. Pero la vida, la juventud, la espontánea alegría de vivir fluía incontenible, sobre todo al aire libre, en las playas y en el campo. Y en contra de lo que pudiera temerse, la efímera moda del «desnudismo», con sus meriendas en grupo en la montaña, sus alegres tertulias y charlas, sus ingenuos paseos de matrimonios con hijos floridos, no corrompió nada: por otra parte aportaría a la comunidad una cierta capacidad de autoironía. El «desnudismo» no era tampoco la felicidad.

En definitiva, la mujer de los años treinta aprendió a librarse por fin de la faja-tubo y a volar sola sobre el Atlántico. No es poco. Pero quizá lo más importante que legó a las generaciones que habían de venir fue un delicioso, inolvidable estilo. Por ejemplo, su manera de cruzar las piernas en el *hall* de los hoteles.

FIN DE LA DICTADURA. FIN DE LA MONARQUÍA

Después de siete años de Dictadura, el general Primo de Rivera hacía balance de las fuerzas que le eran adversas y perdía los restos de seguridad en sí mismo que le quedaban. La Dictadura acababa de segar la rebeldía militar de los últimos días de enero de 1929, pero, incluso vencidos, estos conflictos seguían socavando la base del poder dictatorial, herido de muerte desde hacía tiempo. El gran éxito de la Exposición Iberoamericana de Sevilla (9 de mayo) y de la Exposición Universal de Barcelona (20 del mismo mes) no hizo sino retrasar momentáneamente lo inevitable. La clase obrera y la estudiantil insistieron en su actitud subversiva, y la nueva sublevación militar que tendría lugar en 1930, en la que estaban comprometidos jefes y oficiales que eran los mismos de 1926 y 1929, partiría esta vez de Cádiz, iniciada por el general Goded. Intervino el rey y la conspiración no prosperó porque, de hecho, no era necesario: el dictador caía por su propio peso. El 28 de enero de 1930, don Miguel Primo de Rivera se presentó ante el monarca para entregarle su dimisión. Días después emprendió viaje a París y el 16 de marzo su hijo Miguel le encontró exánime en la cama de su hotel de Pont-Royal. Cuando llegó el médico, el general había fallecido. Un denso capítulo de la Monarquía acababa de concluir.

La caída de la Dictadura produjo júbilo popular. El general Berenguer fue el encargado de formar nuevo gobierno. Los catedráticos Unamuno, Ortega y Gasset y otros, fueron reintegrados a sus puestos en la universidad, y se levantó la censura de prensa. Unamuno, al regreso de su destierro, habló en Irún a la muchedumbre que le aclamaba, originándose manifestaciones de fervor republicano. «Agitad el árbol —aconsejó el viejo escritor— porque la fruta está madura y a punto de caer.» El 28 de septiembre se celebró en Madrid un gran mitin republicano. Hablaron Azaña, Lerroux, Alcalá Zamora, Marcelino Domingo y otros destacados líderes antimonárquicos.

Los periódicos y revistas de la época se hacían eco del sentir popular. La gran tradición española de dibujantes humorísticos, de caricaturistas, vivió uno de sus momentos más brillantes y fecundos, reflejando el pulso político del país, la inminente caída de la Monarquía.

La naturaleza transitoria del gobierno Berenguer era evidente, la inestabilidad era el factor común en todos los órdenes de la vida nacional.

Pero antes de que cayera la Monarquía, la naciente República aún había de dar algunas pruebas más de su empuje. Fueron detenidos varios dirigentes de la oposición, entre ellos Ramón Franco, que se fugaría luego de Prisiones Militares en circunstancias que despertaron en el pueblo novelescas aventuras, y más adelante, en diciembre de 1930, los capitanes Fermín Galán y Ángel García Hernández, anticipándose al advenimiento de la República, acaudillaron la sublevación de Jaca, siendo juzgados y fusilados en medio del estupor y la indignación del país entero. La República, sin haber nacido aún oficialmente, ya tenía sus mártires.

Fue declarado el estado de guerra y se restableció la censura previa en toda España. Pero no había tregua en la lucha contra la Monarquía, y otro golpe espectacular se produjo el 15 de diciembre de 1930 en el aeródromo de Cuatro Vientos, donde una nueva sublevación militar, con la participación de Ramón Franco y Queipo de Llano, levantó la bandera de la amenaza, esta vez a las puertas de Madrid. Ramón Franco se propuso bombardear el Palacio Real, pero la presencia de niños en las cercanías le hizo desistir, por no causar víctimas inocentes. Una oleada de huelgas, manifestaciones y desmanes invadió el país. Ortega y Gasset, el doctor Marañón y Pérez de Ayala se manifestaban en favor de la República.

Finalmente, las elecciones del 12 de abril de 1931 proporcionaron un rotundo triunfo al movimiento republicano. El 14 de abril amanece en Madrid y en muchas ciudades españolas en medio del entusiasmo popular, el país hierve de agitación y alegría, son paseadas por las calles, sobre las multitudes, enseñas republicanas y retratos de Fermín Galán y García Hernández. El rey Alfonso XIII, interpretando los deseos de su pueblo, se dispone a emprender con su séquito el camino del destierro hacia Francia por mar, vía Cartagena. Respetuoso para con la República, respetado por ella, abandonó el rey de España el palacio después de «treinta años de equilibrio en la maroma», según sus propias palabras. Al día siguiente, en la estación de El Escorial, la reina y sus hijos se acomodaban en el coche-salón que, enganchado al expreso de Irún procedente de Madrid, conduciría a la familia real a la frontera.

Se iniciaba así el destierro de Alfonso XIII y una etapa de incertidumbres para la triunfante II República española.

LA II REPÚBLICA

El 14 de abril de 1931 se proclamó en España la República. Era una joven robusta y hermosa —cantaron entonces sus innumerables amantes—, alegre y decidida, que llegaba repartiendo sonrisas y flores de esperanza, y, por vez primera en la historia de las monarquías europeas, sin derramamiento de sangre.

Muy pocos podían sospechar entonces, en medio de aquel entusiasmo general, que la joven República española iba a verse desde aquel mismo día y durante casi toda la década, hasta su muerte al término de la guerra civil, tan abrumada y acuciada por mil problemas, tan zarandeada y traicionada desde la izquierda y desde la derecha y desde su mismo centro; tan tironeada por fuerzas a menudo invisibles y de oscuras raíces, siempre debatiéndose en la médula de un torbellino político y social que mantuvo en suspenso al mundo entero y que tantas repercusiones había de tener en la historia de la década siguiente y en la marcha de la segunda guerra mundial.

Se vio claro muy pronto, sin embargo, una vez que los ejemplos de civismo republicano dejaron paso a los desmanes, cuál iba a ser la íntima tragedia de la República: su necesidad de cambiar urgentemente las estructuras socioeconómicas de un sistema caduco, y su patética lucha, su indecisión y su debilidad a la hora de hacerlo. Pronto empezaron a proliferar por todo el país los inequívocos signos del descontento proletario, que en sus manifestaciones de protesta y en sus demandas llegó hasta a enfrentarse repetidas veces a los «fusiles burgueses del Gobierno liberal de la República», al decir de las mismas derechas. Quema de conventos, huelgas revolucionarias en casi toda España, crímenes políticos, malestar general. Castilblanco, Fígols, Arnedo, Villa de Don Fadrique, Medina Sidonia y Casas Viejas fueron nombres que estremecieron al país entero y desbordaron por completo cualquier anhelo progresista de los gobiernos que se sucedían en la República, sobre todo, el movimiento revolucionario de Asturias en octubre de 1934, donde el Ejército de la República, asistido por tropas marroquíes, llevó a cabo una espantosa represión.

Al mismo tiempo que se afianza la revuelta de Asturias, en Cataluña, el presidente de la Generalitat, Lluís Companys, proclama el *Estat Català* desde el balcón de la Generalitat sobre la plaza de San Jaime. El 6 de octubre la huelga general era absoluta en Barcelona. A las grandes manifestaciones recorriendo las calles siguió la lucha en las barricadas. Horas después, las tropas leales al Gobierno de Madrid, al mando del general Batet, restablecieron el orden. En la mañana del 7 de octubre, el gabinete de Lerroux recibe la noticia de que en Barcelona, Companys y sus colaboradores, Dencàs, Badia, Gassol, Ayguadé, etc., se han rendido.

Pero no sólo fueron embates de las izquierdas lo que recibió la República. También de las derechas, como la llamada sanjurjada en Sevilla, en agosto de 1932. La confusión y el caos se adueñaron muy pronto del país, y también la retórica parlamentaria, la incompetencia legislativa, la conspiración militar, el patriotismo más desenfrenado, apasionado y en no pocos casos bien intencionado, pero absolutamente ineficaz. La República estaba herida de muerte, y sus mil doctores merodeaban en torno a ella con mil inútiles (y algunos emponzoñados) paños calientes.

Después de sucederse distintos gobiernos de izquierdas, derechas y centro (Azaña, Gil Robles y Lerroux fueron sus más distinguidos representantes) las elecciones en febrero de 1936 vieron el triunfo apoteósico del Frente Popular. La voluntad del pueblo parecía, pues, querer perseverar, pese a todos los errores y desmanes sufridos y cometidos, en el camino no desbrozado aún y a todas luces peligroso, pero vital para el país en opinión de la mayoría, del socialismo, y así lo afirmó un hombre tan poco sospechoso de sustentar ideas extremistas como don Gregorio Marañón. Pero ya era demasiado tarde, ya el Partido Comunista (tan minoritario) se había convertido en el «Papu», ya Falange Española (tan minoritaria también) se perfilaba como el «estandarte de los valores eternos»: más allá de estas extremas minorías políticas, que si no eran todavía aglutinantes de una doble situación límite, sí eran representativas de dos tendencias cuya pugna prometía llegar al fondo de sus convicciones, iba fraguándose la inminente tragedia de la guerra civil. Sería aquí imposible reseñar la crónica de atentados, huelgas, rebeliones, asesinatos, incendios, provocaciones y atropellos que protagonizaron o incitaron indirectamente tanto la Nueva España como la Vieja España enfrentadas en una lucha a muerte. Y sin embargo, en medio del caos y la esperanza, la República logró no pocas conquistas sociales y culturales. Pero fueron —de ahí la pugna que acabaría en catástrofe— insuficientes para unos y excesivas para otros. Y por desgracia la solución final, una vez más, ya dejaba entrever su acerado fulgor: las armas.

La noche del domingo día 12 de julio de 1936 fue asesinado el líder derechista Joaquín Calvo Sotelo, al parecer como represalia por el asesinato, ocurrido aquel mismo día en una calle de Madrid, del teniente de la Guardia de Asalto José Castillo, militante de la izquierda republicana.

El día 17, el Gobierno tiene ya noticias de que las guarniciones de Marruecos se disponen a levantarse en armas contra la República.

Así inauguraba España uno de los períodos más sangrientos de su historia, abriéndose a sí misma una llaga que tardaría muchos años en cerrarse.

LOS DEPORTES

La afición y hasta la pasión que en los años veinte habían despertado repentinamente los llamados ejercicios al aire libre, con la aviación y el automovilismo a la cabeza, florecieron durante la década siguiente en una vasta y espléndida realidad deportiva que abarcaba desde el fútbol femenino y la novedad del *moto cross*, hasta la definitiva afirmación del club de fútbol como aglutinante central de ciertos dispersos anhelos federalistas, regionalistas y patrioteros. Fueron unos años mimosos y generosos para con el *sportman*, con nombres que habían de grabarse de manera indeleble en la gran crónica del deporte mundial.

Tenían ya labrada su leyenda futbolística y romántica hombres como Ricardo Zamora, el calificado como mejor portero del mundo de todos los tiempos, y Jacinto Quincoces, Samitier, Gorostiza, Rubio, etc. Los gruesos jerseys blancos del guardameta Zamora harían furor, y en su día el cine había de reclamar al ídolo por famoso y por fotogénico, lo mismo que a Quincoces. La Liga nacional tomó en los años treinta definitiva carta de naturaleza, los campos de juego ampliaron sus graderíos y tribunas, los hinchas sus pulmones, los directivos de club y los federativos sus misteriosas zonas de influencia política y financiera. Sobre el primer clamor de las multitudes domingueras en los estadios, el fútbol desplegó por vez primera sus vastas alas imperialistas y mostró el poder posesivo de sus garras. El hermoso concepto que tenían los antiguos griegos del deporte de masas, que nació de su amor a los cuerpos, como un himno a la belleza física y a la juventud, culminaba así en la apoteosis del patadón a un esférico perseguido por desgarbados mozos vestidos con horrendas camisolas y grotescos calzones.

¡Ay, aquella desnudez de nieve en los primitivos Juegos Olímpicos!

El boxeo vivía en España un gran momento de pegada y esgrima, quizá como reflejo del agresivo intercambio de golpes que la II República trajo consigo al terreno político. Había ídolos envueltos en el clamor popular. Paulino Uzcudun, campeón de Europa del peso máximo y varias veces aspirante al título mundial, hizo memorables combates con el coloso italiano Primo Carnera, en quien el Duce Mussolini tenía depositadas esperanzas de un imperio íntimo y no confesado, y con Max Schmelling, el otro coloso favorito del Führer, y con el fenómeno de color Joe Louis. Max Baer tenía también su sólido pedestal. Uzcudun no consiguió el título mundial pero nunca dobló la rodilla ante ningún adversario... hasta que se enfrentó, ya en el ocaso de su carrera, con Joe Louis. Fue en Nueva York, a principios de 1936: un duro castigo, un K.O. espectacular y patético. Otro ídolo del boxeo era entonces el catalán José Gironés, campeón europeo del peso pluma y varias veces aspirante sin fortuna al título mundial, que ostentó primero Alf Brown y después Freddie Muller. Ignacio Ara completaba la terna de ases del ring, pero fue quizás el valenciano Sangchili, al alzarse inesperadamente con el título mundial de los gallos en junio de 1935, tras derrotar a Alf Brown, el que había de recoger los frutos de un prestigio internacional ganado por los puños de otros. Su reinado fue efímero. El más grande fenómeno que entonces amanecía era sin discusión Joe Louis, el «Bombardero de Detroit», que obtuvo el título de campeón mundial en 1937 y lo retendría durante doce años.

El ciclismo era también deporte rey. Mariano Cañardo, Vicente Trueba, Berrendero, Ezquerra y Cardona eran los ases nacionales y los invencibles aguiluchos a la hora de escalar en el Tour de Francia, pero los franceses Leducq y Magne eran las figuras mundiales, cuando ya Gino Bartali empezaba a labrar su fama. La primera Vuelta ciclista a España data de 1935.

En tenis sonaban los nombres de Lilí Álvarez, Pepita Chávarri, Alonso, Maier, Sindreu, cuando los grandes mundiales eran los «mosqueteros» franceses en la Copa Davis: Borotra, Cochet y Lacoste. En natación española, las hermanas Carmen y Enriqueta Soriano. En automovilismo, el gran Nuvolari, Caracciola y Fagioli. Y Sonja Henie era llamada la «Pavlova del hielo» y estaba a punto de firmar contrato para hacer películas en Hollywood.

Los años treinta registraron dos Olimpíadas: la de Los Ángeles en 1932 y la de Berlín en 1936. Esta última vio el sensacional triunfo de un maravilloso atleta negro, el norteamericano Jesse Owens. Y una reacción del Führer que fue un anticipo de la catástrofe que se avecinaba: en la brillante ceremonia de clausura de los Juegos Olímpicos de Berlín, Hitler no asistió para no tener que estrechar la mano de Jesse Owens, que para el Führer seguía siendo un hombre de «raza inferior» aunque hubiese vencido a los más espléndidos ejemplares atléticos de raza aria cultivados por el pujante nazismo.

Fue quizás el primer aviso que recibió el deporte mundial: tres años después los estadios quedarían vacíos, y en el mundo no habría Juegos Olímpicos hasta pasados doce años.

EL CINE

1929. Algunos de los pioneros, los que habían inventado el lenguaje cinematográfico día tras día detrás de las cámaras, los D. W. Griffith, Chaplin, Murnau, Von Stroheim, Fritz Lang, Dreyer, Renoir, Vidor, De Mille, seguían en la brecha y aún no habían dado lo mejor de su obra. Pero el cine acaba de dar un paso de imprevisibles consecuencias con un film intrascendente y banal: *El cantor de jazz*. Se iniciaba la era del cine sonoro. En los peinados y en los escotes de las más fulgurantes estrellas del momento se ocultaban micrófonos, los nuevos cachivaches mimados por la técnica, que producían calambres y fueron la puntilla para muchas agonizantes figuras del cine mudo. Sin embargo, no fue hasta 1930 cuando la voz, la auténtica voz del cinematógrafo, irrumpió como un canto de sirena en los infantiles oídos de un mundo necesitado siempre de mimos y susurros de ensueño. Esa voz —un terciopelo nupcial, una nieve caliente— se llamaba Marlene Dietrich/Lola-Lola, y el susurro, el mimo y el ensueño, *El ángel azul*, de Josef von Sternberg.

Con Marlene Dietrich, y más en *El expreso de Shanghai* que en *El ángel azul*, este bello adolescente besuqueador y sobón que llamaron Séptimo Arte alcanzó en los años treinta un singular esplendor, dicho sea en el real sentido de la palabra: en efecto, jamás fueron tan luminosos los rostros de las actrices, tan nimbados por el halo de los sueños, por el auténtico «polvo de estrellas». Aquella luz que irradiaban, y que nunca más el celuloide volvería a reflejar, era la luz de la seducción. Y Marlene fue su máxima sacerdotisa. Greta Garbo se llevó la palma de «actriz con talento», pero ¿qué significaba eso traducido a términos cinematográficos? Significaba limitar el gesto y la figura a los estrictos esquemas mentales de estrictos directores y guionistas. En el cine, como en tantas cosas de la vida, lo que de verdad tiene sentido es prolongar el gesto y la figura más allá de la derrota que diariamente nos infligen el tiempo y la muerte: la realidad.

En 1933 nace *King Kong*, con Fay Wray. En 1937, a los 26 años, moría Jean Harlow, la «rubia platino» que fue reina del *glamour* de raso y púrpura. La pátina del tiempo daría al fino celuloide de su piel blanca una calidad que no tuvo en vida, que no tuvo tiempo de adquirir. Prestigiosos fallecidos de la década fueron también John Gilbert, Rin-Tin-Tin, Florenz Ziegfeld, Lon Chaney, Carlos Gardel, Will Rogers, Lya de Putti, *Fatty*, etc.

Gran cine popular el de aquel momento, cine de amor-pasión con los más grandes amadores de todos los tiempos: John Gilbert, John Barrymore, Clive Brook, Charles Farrell, Ricardo Cortez, Maurice Chevalier, Adolphe Menjou, Fredric March, George Raft, Douglas Fairbanks, Paul Muni, Chester Morris y tantos otros, junto a los incipientes y pálidos Gary Cooper, Robert Taylor, Clark Gable, Tyrone Power y Errol Flynn. Ellas fueron, detrás de Marlene y Greta, Joan Crawford, Bette Davis, Carole Lombard, Janet Gaynor, Mary Pickford, Louise Brooks, Helen Hayes, Dolores del Río, Sylvia Sidney, Mae West, Joan Blondell, Luise Rainer, Miriam Hopkins, Simone Simon, Conchita Montenegro... De la mano experta de Charlot nos llegó Paulette Godard, y de la mano no menos sensible de Cocteau, Jean Marais.

El cine español había inaugurado en 1929, con *La aldea maldita* de Antonio Martínez del Castillo (Florián Rey), un cine con preocupación estética y temática, y los críticos auguraban una etapa de brillante madurez. Pero no fue así. Una vez más serían las estrellas, o mejor dicho, su luz, lo único que quedaría: con *Agua en el suelo* (1933) nace Maruchi Fresno. Antoñita Colomé triunfa con *El negro que tenía el alma blanca* (1934, segunda versión), y con Imperio Argentina el cine nacional presume por vez primera de *vedette*.

La primera tentativa industrial de carácter serio que acomete el cine español se sitúa entre 1933 y 1935 con títulos como *Susana tiene un secreto*, *Morena Clara*, *Nobleza baturra*, *El malvado Carabel*, *La hija de Juan Simón*, etc.

El cine musical dio su primer espléndido fruto, *La calle 42*, de Busby Berkeley, con Dick Powell y Ruby Keller. El gran cine negro yanqui produjo dos inolvidables obras maestras: *Hampa dorada*, con Edward G. Robinson, y *Scarface*, con Paul Muni. Y realizaron lo mejor de su vasta obra directores como Eisenstein, los hermanos Vassiliev, Dovchenko, Feyder, Lubitsch, Clair, Vigo, Carné, Duvivier, Renoir, Milestone, Von Sternberg, Pabst, Lang, Chaplin, Hawks, Vidor, Ford, Flaherty, Capra, Pagnol, Florián Rey y Benito Perojo.

Pero si es cierto que vamos al cine, por encima de todo, para ser seducidos por alguien lo más rápidamente posible y reconciliarnos así con los maltrechos ideales de la infancia, la larga lista de genios que culminaron su obra o la iniciaron durante los años treinta nos interesará en la medida que estos hombres fueron gentiles con nuestros mitos y manías y debilidades inconfesables. Y en este sentido, quizá nadie como Josef von Sternberg fue tan generoso y comprensivo cuando, en *El expreso de Shanghai*, nos regaló con este diálogo entre los protagonistas, acodados a una ventanilla del tren:

«Clive Brook: —¿A qué va usted a una ciudad tan peligrosa y llena de espías como Shanghai?

»Marlene: —A comprarme un sombrero.»

LA PESTE PARDA. AUGE DEL FASCISMO

En 1929, algo que parecía tan ajeno a la política europea como el hundimiento de la Bolsa de Nueva York fue una de las causas determinantes que llevaron al viejo continente a una de las más terribles pruebas de su historia.

En Alemania, el Partido Nacionalsocialista de Hitler había adquirido ya tales proporciones que, en 1934, tras la muerte del presidente Hindenburg, un plebiscito dio como resultado que el 90 % de los alemanes aprobara el nombramiento del Führer como jefe del Estado. Fundado esencialmente en el descontento popular, en la miseria que la depresión económica imponía a los alemanes, el partido nazi acusaba al Tratado de Versalles y exigía su inmediata revisión, mientras arrogantemente se alzaba con el Tercer Reich, el tercer imperio que «debía» librar a Alemania de las angustias de la pobreza y de la humillación. Hitler proporcionó una ocupación a millones de parados. La crisis mundial provocada por el crac del 29 debilitó el concepto democrático de la economía liberal y nutrió así al fascismo, lo empujó clamorosamente al poder, a la demagogia y a la agresión. Danzig es un nombre que ya en 1933 esgrimió Hitler, que pretendía liberar a Alemania de todas las consecuencias de la última derrota y devolverle el prestigio perdido.

Con la definitiva toma del poder en 1933 por parte de los nazis se inicia en Alemania uno de los capítulos más siniestros de su historia; de hecho, la extorsión y el asesinato formaban ya parte de los métodos de los Camisas Pardas desde muchos años antes de subir al poder, pero entonces se hizo oficial y pública la persecución y torturas cometidas con los judíos y comunistas, cuyo partido fue aniquilado y el que había sido su candidato en las elecciones de 1932, Thaëlmann, encarcelado y prontamente ejecutado. Asistido por el fiel Heinrich Himmler y sus SS, que desde 1929 andaban secretamente ocupados en acondicionar campos de exterminio e inventar sistemas de tortura, Hitler sembró el terror en toda Alemania clamando, con grandes aspavientos, por la pureza de la raza aria. Cuando creyó necesaria una «purga» dentro de su propio cuartel general, no lo dudó: la «noche de los cuchillos largos», en que fueron ejecutados Ernst Roehm y sus SA, sanguinarios y fieles servidores del Führer hasta entonces, y que éste ya no necesitaba (incluso le estorbaban para sus planes), pasó a la historia juntamente con el famoso incendio del Reichstag, ordenado también por Hitler para acusar de ello a los comunistas, como el ejemplo más elocuente de que el nuevo poder alemán estaba regido por un cerebro refinado y criminal. Mientras tanto, todos los disidentes del nazismo, intelectuales, científicos, artistas, obreros, judíos y comunistas, se pudrían en las cárceles o en los campos de trabajo que, a los ojos del mundo, Goebbels pretendía hacer pasar como lugares de «trabajo voluntario».

El talento demagógico de Hitler, el huérfano de Braunau (Austria), el cabo herido dos veces en la primera guerra mundial, se reveló en una cervecería de Munich y le llevó a la máxima jefatura del Partido Nacionalsocialista de los Trabajadores Alemanes para realizar la violenta campaña contra el Tratado de Versalles, la República de Weimar y los comunistas. Toda su política interior estaba encaminada a preparar económicamente a Alemania para la guerra. Restableció el servicio militar obligatorio (1935) y formó con Mussolini el eje Roma-Berlín (1937) y el Pacto Antikomintern, al que se adhirieron Japón y otros países.

Italia, por su parte, ya estaba desde hacía años dando ejemplo sangriento de la expansión fascista: en guerra con Abisinia, desplegando las insensatas banderas del imperio, el Duce Benito Mussolini se pavoneaba conduciendo potentes motocicletas, revistando sus legiones de Camisas Negras, leyendo a Giovanni Gentile, soñando grandezas en los entonces juveniles brazos de la pobre Claretta Petacci o abrazando pública y teatralmente a su flamante y prometedor yerno Galeazzo Ciano. Todo un brillante porvenir. Italia vibraba de entusiasmo con las victorias del mariscal Badoglio en Etiopía.

En 1936, en plena guerra civil española, los gobiernos italiano y alemán hicieron públicas sus simpatías por el Alzamiento Nacional acaudillado por Franco. Las frágiles e indecisas democracias europeas no tardarían mucho en comprobar en su propia carne que la guerra de España era un anticipo de la catástrofe que se cernía sobre Europa y el mundo. Quedaban por delante algunos años de paz precaria que Hitler aprovechó para disponer, triunfal, seguro y sonriente, una de las citas diplomáticas que habían de proporcionarle más satisfacción a su napoleónica vanidad: el Pacto de Munich. Mientras llegaba esa fecha clave para el destino de Europa, el fascismo seguía despertando un ciego clamor popular y a la vez indignación, entusiasmo y repulsa, pendoneo juvenil y desfiles de arrogante machotismo, depuraciones, encarcelamientos, asesinatos y exilio. Pero Munich estaba a la vuelta de la esquina, y detrás de Munich no había nada, era un callejón sin salida, una trampa: la guerra.

VEDETTES, *GIRLS*, VICETIPLES, *FLAPPERS* Y TOREROS

El tiempo pasado suele ser mejor porque es recuerdo; es decir: juventud. Y el recuerdo siempre esgrime una lima que suaviza y redondea las aristas de la vida. Aquella herencia de irresponsable frivolidad política que los años veinte legaron a los treinta, que había de resultar funesta en tantos aspectos, culminó en ciertas fórmulas vitales, ilusorias y entusiastas, que sirvieron cuando menos para ir trampeando la dura realidad. Los años treinta fueron años *swing*, pero, sobre todo, años «pasarela». Los espectáculos, y de manera especialísima la revista musical, vivieron una época dorada, audaz, fecunda y enormemente cívica; es decir: constituían en la vida nocturna de las grandes ciudades (Broadway en Nueva York, Montmartre en París, el Paralelo en Barcelona, etc.) una entidad social y urbanística perfectamente diferenciada, con personajes y personajillos cuyos nombres, parpadeando en anuncios luminosos noche tras noche, durante años, formaban parte de la ciudad, eran su piel más joven y más sensible. Entonces, cuando el espectáculo no llegaba a los hogares encajonado en la televisión, un baile, una canción de moda cualquiera tenían encarnadura real, tenían pelos y señales, tenían un nombre. Rodeada de *girls*, *flappers* o vicetiples, la *vedette* superlujosa y encastillada vivía aún su gloriosa época feudal. Años después, el progreso técnico, el disco, la televisión y demás modernos sistemas de comunicación la reducirían a un fantasma etéreo; familiar y puntual en su diaria visita a los hogares; pero fantasma.

En 1930, a los sones de *Dancing in the Dark (Cantando en la oscuridad)* cincuenta escogidos *boys* con esmoquin y chistera evolucionan tocando violines iluminados por focos rosados: arriba el telón: la que sería década turbulenta se abre así revelando un decorado fastuoso y un enjambre de *girls* envueltas en plumas cantando a coro *Todo va bien* de Cole Porter.

Todo va bien, sí. En España, la joven República también exhibe sus poderosos muslos en la pasarela. Desde un principio, esas piernas tienen un nombre: Celia Gámez. En 1932 estrenó en Madrid *Las Leandras.* Tras ella, Laurita Pinillos, Margarita Carvajal, Amparito Taberner, Conchita Leonardo, Isabel Nájera, Tina de Jarque, etc. Las más alegres y descocadas vicetiples del momento alternaban en las páginas de diarios y semanarios con los más sesudos y barbudos políticos e intelecuales. En mayo de 1932, la prensa española divulgó una noticia frívola echando las campanas al vuelo: «Nuevos tiempos: en el escenario del Romea, cinco *girls* con los senos en libertad.» Así decía la noticia, añadiendo que ello ocurría por vez primera en España y que era un ejemplo de progreso, civismo, europeización, etc.

El toreo vivía momentos de verdad (reses de verdad, diestros de verdad) y fueron años que habría que calificar, si no de espectaculares, sí de honestos, viriles y cabales. Joselito con su arte supremo proyectaba su sombra de oro y grana en todos los redondeles, pero el plantel de espadas que le siguió gozó también del favor popular.

Labraban su fama los Bienvenida, Domingo Ortega, el joven Manolete. Los treinta fueron años multitudinarios por muchos conceptos (el político y el social sobre todo) y todos los espectáculos públicos dieron testimonio de ello, especialmente los ruedos. Mientras, Antonia Mercé «Argentina» cosechaba triunfos por todo el mundo con su blanca sonrisa de gitana y su cuerpo enjuto y moreno. Pastora Imperio era emperadora indiscutible, y ya empezaba a hablarse de una muchacha del Somorrostro barcelonés llamada Carmen Amaya. Josephine Baker —bananas de oro ciñendo una cintura de ébano— cantaba *Mon bateau blanc* y *Dans mon village.* La década fue muy bailarina. Con una «chica-taxi» y un poco de imaginación uno podía emular a Fred Astaire y Ginger Rogers en *Amanda* y en todos los bailes nuevos que se sacaban de la manga. Se cuenta que el mismo Hitler, mientras afilaba sus garras sobre el mapa de Europa, tarareaba *Continental*, de *La alegre divorciada*. En 1935, al morir Carlos Gardel en accidente de aviación, el tango sufrió una pérdida tan absoluta e irreparable que se proyectó definitivamente en el mito. Maurice Chevalier, que había entrado en el cine por la puerta grande, entraba ya también en la leyenda. Aún gustaba Raquel Meller, fruto otoñal, dulcemente grávido; Tino Rossi pregonaba que *Tout Paris chante*, Charles Trenet se daba a conocer, y Edith Piaf, y Bing Crosby.

Y el gran desfile en la pasarela sigue a través de los años. «Melodía de sonrisas y lágrimas», que dicen en Broadway. Muy posiblemente ninguna otra época les dio ni volverá a darles tanta confianza y cariño para recibir a cambio tanta abnegación, tanta fe, como si aquellas *vedettes*, *girls* y vicetiples fueran vírgenes sin tacha.

Y tal vez lo eran.

LAS ARTES Y LAS LETRAS

Uno de los primeros juicios a que invita cualquier obra de arte es el de calibrar su relación con el medio. En ciertos casos resulta fácil establecer una correlación de este tipo (por ejemplo, con el *Guernica* de Picasso, obra que es a la vez testimonio de un concreto dolor histórico y de un brusco viraje o evolución formal del arte contemporáneo), pero en otros ha sido necesario que el artista y su obra, antes de alcanzar su verdadera dimensión respecto al medio, pasaran por el filtro del tiempo.

En el campo de la literatura de los años treinta, un escritor que gozó de este prestigio en vida fue el norteamericano Sinclair Lewis (premio Nobel 1930) con *Babitt* y *Main Street*, dos alegatos contra la suntuosa y confiada sociedad yanqui. Por el contrario, William Faulkner, que dio lo mejor de su obra en la década (*Santuario*, *Luz de agosto*, *¡Absalón, Absalón!*), tardaría unos años en ver reconocida su enorme talla. Lo mismo podría decirse de Gertrud Stein y de Henry Miller, que andaba ya publicando sus *Trópicos*. Hemingway había tenido gran éxito con *Adiós a las armas*; no tanto Scott Fitzgerald con *Suave es la noche* (1934), ya en la pendiente de la autodestrucción. Un año antes, Nathanael West había dado a la prensa su *Miss Lonelyhearts*, cuya importancia dentro de la moderna novelística norteamericana tampoco sería debidamente calibrada hasta la década siguiente. Y mucho menos, en otros países, autores como Isaac Babel *(Caballería Roja)*, Robert Musil *(El hombre sin atributos)* o T. S. Eliot (*Cua-*

tro cuartetos). Dos Passos, Caldwell y Steinbeck tenían ya éxito. Los nombres de talla universal eran Thomas Mann, Pirandello, Eugene O'Neill, Theodore Dreiser, Bernard Shaw, Brecht, D'Annunzio, H. G. Wells, García Lorca, Maiakovski y Gorki junto con autores muy populares como Stefan Zweig, Remarque, Saroyan, Axel Munthe, Pearl S. Buck, Vicki Baum y otros.

Los autores franceses dieron a conocer durante el decenio una lista impresionante de obras: Cocteau (*Les enfants Terribles*, 1929), Saint-Exupéry (*Vol de nuit*, 1931), Céline (*Viaje al fin de la noche*, 1932), Mauriac (*Nido de víboras*, 1932), André Malraux (*La condición humana*, 1933), Louis Aragon (*Les Beaux Quartiers*, 1936), J. P. Sartre (*La náusea*, 1938).

En 1938, George Orwell publica *Homenaje a Cataluña.*

En España, Valle-Inclán estrena *La reina castiza* (1931) con Irene López Heredia; García Lorca *Bodas de sangre* (1933) y *Yerma* (1935) con Margarita Xirgu; Rafael Alberti, con una obra poética ya importante, da a conocer en 1931 sus primeras piezas teatrales: *El hombre deshabitado* y *Fermín Galán.*

En las calles de Berlín, en 1933, las Juventudes Hitlerianas hacen grandes fogatas con los libros de autores antinazis, Thomas Mann entre ellos, que el año siguiente se exiliaría a Estados Unidos. Lo mismo haría Bertolt Brecht. En la Italia fascista, el gran director de orquesta Arturo Toscanini había tenido que exiliarse ya en 1929. En Rusia, el estalinismo no transige con los intelectuales que reclaman su derecho a la crítica de la nueva sociedad, y entre las víctimas del momento figura Isaac Babel, muerto en circunstancias no aclaradas. En 1936 es asesinado García Lorca, y ese mismo año fallecen Pirandello, Kipling y Gorki. Triunfa en España el teatro de Benavente y de Jardiel Poncela, Pemán inicia sus ripios y latiguillos patrioteros y sus cromolitografías histórico-religiosas, que tanto éxito habían de proporcionarle en los años de la Victoria, y Ramiro Ledesma declara en 1934 con justificada amargura: «Ser escritor en España es como ser marino de guerra en Suiza.» Con todo, la novela se mantiene vigorosa gracias sobre todo a Baroja y a Pérez de Ayala.

Una joven esperanza truncada por la guerra civil: Carranque de

Ríos. El teatro español y todo lo que prometía tuvo en esta década, a partir de la guerra civil, bajas tan fundamentales (muertos unos: Lorca, Machado, Unamuno, Valle-Inclán, Miguel Hernández; exiliados otros: Alberti, Max Aub, León Felipe, Bergamín, Casona) que no quedó prácticamente en la península ningún valor. Y obligado Benavente a pactar con el miedo y a repetirse, José M.ª Pemán se adueñó fácilmente de los escenarios con sus vivas a Santiago y a la Virgen.

Pau Casals siguió consolidando su prestigio mundial y se reveló el talento de un joven director de orquestra: Ataúlfo Argenta. En 1937, y por encargo de la República española, Pablo Picasso pinta *Guernica*. El cuadro tardaría en volver a España, rota por la guerra civil. Olvidando su pueril inconformismo juvenil, Dalí empieza a afilar sus bigotes de comerciante y se declara católico, apostólico, romano y franquista. Miró trabaja intensamente. Pero al mismo tiempo, en Alemania, los nazis confiscan pinturas de Arp, Braque, Cézanne, Chagall, Ernst, Gauguin, Van Gogh, Kandinsky, Klee, Modigliani y Picasso. La agresión al arte había empezado una vez más.

Y antes de que la década se hundiera en el caos y estallara la segunda guerra mundial, las Artes y las Letras ya estaban una vez más pagando una vieja culpa que constituye (o debería constituir) su máximo orgullo: la de haberlo denunciado a tiempo.

MORFOLOGÍA DE LA VIDA DIARIA

Aproximadamente hacia 1933, cuando la moda femenina abandonó el «estilo poste» y reivindicó las redondeces de la mujer, el ciudadano medio, el traído y llevado hombre de la calle, vivía ya la década con una especie de sensación de resaca: el duro despertar que provocó el crac de Wall Street y la consiguiente crisis mundial (con la ley Volstead aún en vigor en Estados Unidos, la prohibición que había dejado «secos» a millares de hombres) derivaría, cuando Roosevelt llegó al poder, hacia una auténtica revolución de las costumbres, una total revisión de los preceptos que habían imperado en los felices veinte.

Todavía los ecos del *jazz* de consumo traían estridencias de superficialidad e inconsciencia a los alarmados oídos del mundo, a los millones de parados, a las primeras víctimas del fascismo entronizado en Europa y a los innumerables herederos de Al Capone en Chicago. El afán por divertirse a toda costa tuvo que aliarse a la necesidad de trabajo y así reverdecían las profesiones nuevas, la «chica-taxi», por ejemplo, o el «hombre-anuncio», actividades que de algún modo incidieron en la morfología de la vida cotidiana, visible y palpable. A primera vista, el cambio más notorio que ofrecieron los años treinta con respecto a los veinte fue una especie de degradación de colores y un «envejecimiento» físico. En cualquier actividad, los talentos florecían desilusionados. Ciertamente la mujer proseguía su camino de emancipación, y el auge de los deportes intrépidos (aviación y automovilismo) la ayudaba en ello, pero las viejas aspiraciones de «trabajo y libertad en igualdad de condiciones que el hombre» empezaban a perder sus vistosas banderas, suplidas por otras más urgentes: ahora era la imperiosa necesidad de aumentar los ingresos de la familia lo que realmente empujaba a la mujer hacia aquellos hermosos objetivos de antaño.

La calle se transformó. Los automóviles avanzaron por vez primera el morro por delante de las ruedas, las cuales perdían ya sus relucientes varillas. Las nuevas tendencias decorativas introdujeron en el hogar elementos de solidez, superficies relucientes, solemnes, confiadas. Nacía la televisión y ya se presagiaban nuevas zonas de influencia y humillación. Seguía la pasión por el baile, los cafés cantantes, la revista musical, el cine, la ropa interior femenina, la playa, la velocidad. El sombrero Stetson seguía siendo el preferido después de tres generaciones. Pero en las calles de todas las ciudades del mundo seguían floreciendo las manos petitorias, los obreros parados mendigando unas monedas, un cazo de sopa.

En Europa, muchos de los «sin trabajo» encontrarían ocupación alistándose en los partidos fascistas. Así, el hilo sutil que iba desde la crisis económica de 1929 hasta el Pacto de Munich en 1938 resultaba coherente, sin nudos ni roturas.

En España, en 1935, dos extranjeros llamados Strauss y Perle provocaron con su negocio de la ruleta una grave crisis de gobierno y abrieron un nuevo período nacional de picaresca que se conoció con el nombre de «estraperlo», vocablo que adquiriría verdadero documento nacional de identidad después de la guerra civil, durante todos los años cuarenta. Según las estadísticas de la época, en una familia española de clase media los gastos generales del mes ascendían a 688 pesetas. El paro obrero, las aglomeraciones de los hambrientos y harapientos sin trabajo, era un serio problema. En Barcelona, los obreros que en los finales de los años veinte se habían concentrado en las faldas de Montjuich para construir el recinto de la Exposición se hallaban ahora sin trabajo y sin ninguna perspectiva de ocupación. El barraquismo se extendía en torno a aquella orgullosa magia de agua y de luz que había asombrado a los miles de visitantes extranjeros y nacionales que había recibido la Exposición. La indigencia y el hampa empezaron a engendrar mitos. La Moños, engañando el hambre con una vestimenta estrafalaria y una colección de chascarrillos populares por las calles de la ciudad, entraba en la crónica de barrio y en la leyenda. El señor Juan, llamado «El Brujo», profetizó en 1934 una época de terribles calamidades a la que seguiría, en 1945, el comienzo de una era feliz.

Las grandes intrigas y estafas financiero-políticas alternaban con ingenuas campañas populares de ética profesional, como por ejemplo la lucha por la abolición de la propina. Con la República había llegado un eufórico afán de progreso, de saber, y aumentaron las Bibliotecas Populares, las escuelas laicas, el anticlericalismo. Y todos estos movimientos internos de la sociedad provocaron, en fin, movimientos externos, bruscos cambios de fachada, de símbolos, rasgos y comportamiento: eso que llamamos señas de identidad, personalidad.

La personalidad carnal de los años veinte, su cuerpo, su constitución física, permanece en el recuerdo como una muchacha alocada y pueril, entrañable en el mejor de los casos. De los años treinta, en cambio, permanece la imagen estática de una hermosa mujer de rasgos angulosos y frente purísima: la época tuvo el rostro de Marlene Dietrich, el corazón de Victoria Kent y la nebulosa conciencia de un millonario yanqui con resaca contemplando desde lo alto de su rascacielos un turbio amanecer sobre la gran metrópoli.

LA GUERRA CIVIL ESPAÑOLA

El 18 de julio de 1936 fue un sábado. Los diarios de la tarde, en Madrid, publicaron la siguiente nota del Gobierno de la República, que comenzaba así: «Una parte del Ejército que representa a España en Marruecos se ha levantado en armas contra la República...»

Había empezado la guerra civil española. Costaría más de un millón de muertos, duraría tres interminables años y dejaría el país arrasado y maltrecho. Se ha escrito tanto sobre esta guerra, existe una bibliografía tan voluminosa, provocó tan encendidas pasiones y tan radicales posiciones morales e ideológicas en millones de hombres de todas las condiciones y credos, que fue posiblemente la contienda civil (es decir, una guerra que no desbordó las fronteras nacionales) que más conmoción había producido hasta entonces. La circunstancia política de la Europa de aquella hora, con el auge del fascismo en varios países, de una parte, y de otra el aglutinante de los Frentes Populares, fue uno de los factores que tensaron y afilaron la conciencia mundial, la inmediata toma de partido: los ojos de todas las naciones miraban aquella España que se desangraba envuelta en llamas, adivinando la importancia de lo que se ventilaba en la lucha. No era sólo el futuro político de su patria lo que los españoles se jugaban, sino quizá también el de Europa. Por diversas razones, esta guerra movilizó a millones de hombres en distintos países. Unos en defensa de la República, otros en defensa del Alzamiento de Franco. Obreros e intelectuales de todo el mundo, aquellos que vivían más a flor de piel las convulsiones ideológicas de la época, aquellos para los cuales la salvaguardia de las libertades democráticas siempre fue también una cuestión cultural además de política, se agruparon inmediatamente bajo las dos banderas que en los frentes de batalla, lejos de las componendas politiqueras de la retaguardia, portaban los españoles que, cada cual con su ideario, luchaban generosamente por una España mejor. Algunos intelectuales incluso vinieron dispuestos a empuñar las armas, como George Orwell y André Malraux. Otros, como Ernest Hemingway, John Dos Passos, César Vallejo, Pablo Neruda, Ilya Ehrenburg, Georges Bernanos, Louis Aragon, por citar sólo los más famosos, vinieron como corresponsales o simplemente por vivir de cerca una experiencia que había de resultar importantísima en su trayectoria vital y artística, como lo demuestra el testimonio que dejaron en su obra, el pulso histórico de un tiempo y de un país.

Las Brigadas Internacionales, una ensalada picante compuesta de obreros, intelectuales, empleados y aventureros de todo el mundo, acudieron en ayuda de la República y se organizaron bajo el mando de Marty. Muchos de ellos no regresarían jamás a su país de origen y serían sepultados en la tierra que vinieron a defender. Por el bando «nacional» acudieron italianos y alemanes, y también muchos de ellos se quedaron aquí para abonar la tierra.

Hacia finales de 1938, la guerra tenía ya para muchos, combatientes y observadores, un claro vencedor: el Movimiento Nacional. Los gobiernos europeos llamados «democráticos» habían vuelto desde hacía tiempo la espalda a la República española, negándose a una intervención oficial que, al cabo, tampoco frenaría la sombra de la segunda guerra mundial expandiéndose sobre Europa. En el frente, los milicianos, mal armados, mal adiestrados y desmoralizados se resentían de las luchas internas entre los partidos políticos de la oposición, que minaban su moral desde la retaguardia, con encarcelamientos y liquidaciones personales. El desenlace era irreversible. En octubre de 1938 se despidieron de España las Brigadas Internacionales. La sede del gobierno republicano había pasado a Valencia ante el acoso de las tropas franquistas en las puertas de Madrid. En enero de 1939 Barcelona era tomada por el Ejército Nacional. Madrid resistía. Pero el 19 de marzo, el consejero de Estado don Julián Besteiro comunicaba sus deseos de negociar la paz con el ejército franquista.

La guerra era una pesadilla que tocaba a su fin.

El ideario político de uno y otro bando es bien conocido. Tanto uno como otro tuvieron y siguen teniendo fervientes detractores y tenaces defensores. Sobre este telón de fondo de las ideologías en pugna, la guerra, por sí sola, tuvo también un gran interés estratégico y militar. Por esta razón, y con ánimo de conseguir una visión objetiva, los textos que acompañan la información gráfica del presente capítulo han sido casi todos entresacados de los partes de guerra facilitados por los dos ejércitos en lucha, dando cuenta de la marcha de las operaciones militares.

PRIMERA PÁGINA DE LOS DIARIOS, HACIA LA SEGUNDA GUERRA MUNDIAL

El sensacionalismo fue la nota preferente en los diarios de la década. Desde los grandes titulares en primera plana que anunciaban el crac de Wall Street, hasta la noticia del Pacto de Munich en septiembre de 1938, pasando por el rapto del hijo de Lindbergh, un largo camino repleto de acontecimientos fue escrupulosamente registrado por los diarios de entonces.

En 1932 fue la elección de Franklin D. Roosevelt como presidente de Estados Unidos, y su clamorosa entrada en la Casa Blanca, llevando bajo el brazo su «*New Deal*», llenó de esperanzas al país. Un año después, Fulgencio Batista tomaba el poder en Cuba y Machado huía a Norteamérica. Terminaba en la isla un período de terror y miseria y empezaba otro.

Moría en accidente de automóvil la bella reina Astrid de Bélgica. Muchos otros personajes célebres se asomaron con su muerte a la primera página de los diarios de todo el mundo: Edison, Pavlova, Madame Curie, el mariscal Foch, Ramón y Cajal, Lawrence de Arabia; Pio X, Antonio Gramsci, García Lorca, Rusiñol, etc.

Cada día los periódicos traían puntual noticia de las increíbles proezas de los intrépidos aviadores, de uno y otro sexo. En 1930 el dirigible *Graf Zeppelin* cruzaba el cielo azul de Sevilla. La norteamericana Amelia Earhart fue la primera mujer que cruzó en avión, sola, el Atlántico, en 1932. El ingeniero español Juan de la Cierva y su atrevido autogiro acaparaban la atención internacional. El profesor Piccard proseguía sus fabulosas aventuras por mar y aire. En 1933, los pilotos españoles Joaquín Collar y Mariano Barberán realizaban el vuelo sin escalas Sevilla-Cuba (40 horas y tres minutos) a bordo del *Cuatro Vientos*. El gran aviador francés Mermoz prodiga sus proezas con el *Orion*.

El nombre del aviador Charles Lindbergh fue quizás el que produjo mayor conmoción y sensación, y esta vez no precisamente por sus vuelos arriesgados. Los detalles del rapto de su hijo y las pesquisas policíacas, que culminaron con el descubrimiento del cadáver de la criatura y con la detención de Hauptmann, que fue ejecutado en la silla eléctrica, acapararon la atención mundial. El heroico piloto del *Spirit of St. Louis* se convirtió desde entonces en un fantasma pálido y sombrío.

Pero la crónica negra de la década contiene, además de las oleadas de gangsterismo en Estados Unidos, el asesinato del presidente francés Paul Doumer, de Alejandro de Yugoslavia, el famoso *affaire* Stavisky, el crimen de las hermanas Papin, la detención de Peter Kunten (el Vampiro de Düsseldorf), y en España, el caso del «estraperlo», los asesinatos de Rafaelito «Bienvenida», de la adolescente Paquita «la Trigo» (una pre-Lolita nacional) de la extraña joven «Hildegart», amén de numerosos suicidios por amor que la prensa gustaba llamar de «muchachas en flor».

La guerra chino-japonesa, la lucha de la India por su independencia, el silencioso laborar de Rusia en su primer Plan Quinquenal (1928-1933) y los Frentes Populares aglutinando fuerzas antifascistas en Europa nutrían las reseñas y comentarios de los expertos en política internacional. El rey Eduardo VII de Inglaterra (futuro duque de Windsor) anuncia por radio en 1936 su firme decisión de abdicar a la corona por amor a una yanqui. León Trotsky tantea con sus duras gafas de miope los inciertos caminos del exilio, buscando puerto y abrigo para proseguir sus memorias. El movimiento frentepopulista se fortalece en Europa, y el periodista Andrés Revesz, en España, afirma que «el fascismo es la defensa de los elementos nacionales» (*Blanco y Negro*, 26-4-36). Pero ningún acontecimiento sacude tanto a la opinión pública como la guerra civil española que estalla en 1936. Ya desde 1933, con la subida de Hitler al poder, Alemania venía consolidando su rearme y su política agresiva. El nazismo pactó con la aristocracia del poder económico alemán y selló su alianza con la Italia de Mussolini. El 29 y 30 de septiembre de 1938, el Führer, confiado y arrogante, es la *vedette* del Pacto de Munich. La suerte de Europa está echada y la década de los treinta se dispone a morir en olor de pólvora quemada y multitudes humilladas, ciudades y naciones avasalladas, una vez más, por las armas.

IMÁGENES DE LA DÉCADA

1

2

1. Charles Lindbergh, con un bimotor anfibio Sikorsky, inaugura el nuevo servicio postal Miami-Panamá. Le escoltan tres aviones de la marina norteamericana. El nombre de la nueva compañía, Pan American Airways, indica ambiciones significativas.

2. Maurice Chevalier en uno de los momentos de *La canción de París*, la primera película sonora estrenada en Madrid.

3

4

3 y 4. Los locos años veinte entraban en la década de los treinta con sus glamurosos atuendos y su pizpireta mirada, a ritmo de *swing* o posando desafiantes y burbujeantes como estas señoritas, sin sospechar, por supuesto, lo mal que acabaría la fiesta.

5

6

5. La intrépida aviadora Amelia Earhart, que sobrevoló el Atlántico en solitario.

6. El Tratado de Letrán fue otro momento histórico en 1929. El Vaticano y el Quirinal se reconcilian. Firmaron el cardenal Gasparri y Mussolini. Encopetado, elegante, opulento y solemne, el Duce estaba todavía un poco lejos de lanzar el do de pecho que haría tambalear el escenario europeo.

7

8

7. El ingeniero Hoover, presidente. El industrial Ford. El inventor Edison. He aquí reunidos, en un raro documento gráfico de 1929, a los tres poderes públicos que prometían una feliz continuación de los felices veinte: la política, la industria y la inteligencia. Pero la catástrofe socioeconómica estaba a la vuelta de la esquina.

8. Engalanados y encopetados, estos miembros del Partido Liberal inglés, que hasta 1929 habían alternado con los conservadores en las tareas del poder, se ven ahora definitivamente apeados del carro político.

9

10

9. La marcha de las elecciones en Inglaterra, en 1929. Por primera vez en la historia política del país, el Partido Laborista va en cabeza de las elecciones. La expectación en Londres es enorme.

10. Normalmente, era una calle tranquila. La mañana del jueves 24 de octubre de 1929, una muchedumbre silenciosa la invadió, cinco mil hombres y mujeres que deseaban entrar en el rascacielos de la esquina con Broad Street, el Stock-Exchange, la Bolsa de Nueva York. Aquella misma noche, desde las más altas ventanas de los rascacielos de Nueva York, empezaron los suicidas a lanzarse al vacío.

11

12

13

11. Sellos de hambre en Estados Unidos. Una sociedad de caridad creaba series de 1.000 sellos por 1 dólar con el timbre «hambre» que eran comprados y vendidos por grandes almacenes.

12. Chicago, febrero de 1929: la policía reconstruye la terrible escena de la matanza de San Valentín.

13. Elliot Ness y su famosa brigada: los Intocables.

14

15

14. El Ford V8 de Bonnie y Clyde poco después de caer los dos gángsters acribillados a balazos.

15. Bonnie Parker y Clyde Barrow cultivaban su leyenda. Solían fotografiarse después de cada fechoría.

16

17

18

16. *Izquierda:* Bill Dwyer. *Derecha:* Wallace Beery.

17. *Izquierda:* George «*Bugs*» Moran. *Derecha:* Paul Muni.

18. *Izquierda:* Jack «*Legs*» Diamond. *Derecha:* Jack Larue.

19 

 20

19. *Izquierda:* Al Capone. *Derecha:* Edward G. Robinson.

20. Dillinger (derecha) y dos de sus hermanos en la cárcel.

21

22

21. He aquí la ropa interior que se permitía una elegante de los años treinta: un sostén, por lo demás inútil, y una breve y leve *culotte* sostenida por un tirantito para que no moleste en la cintura. Esta indumentaria se completaba, en casa, con un transparente *saut-de-lit* de encaje y velo de seda. Ésta es la silueta, la línea que reinó hasta 1932. A partir de aquí desaparecen los «pechos-tabla», las «figuras-poste» y los trajes rectos. Las revistas de la época anuncian métodos (parisinos) para desarrollar los senos, a base de masajes y aparatos-ventosa. A la sombra de las poderosas caderas de Mae West, la mujer se redondea.

22. Marlene Dietrich vestida de hombre, tal como desembarcó en El Havre, procedente de Estados Unidos, en junio de 1933. Esta extravagancia de Marlene había de causar tal revuelo entre las féminas de los años treinta, que todavía hoy persiste.

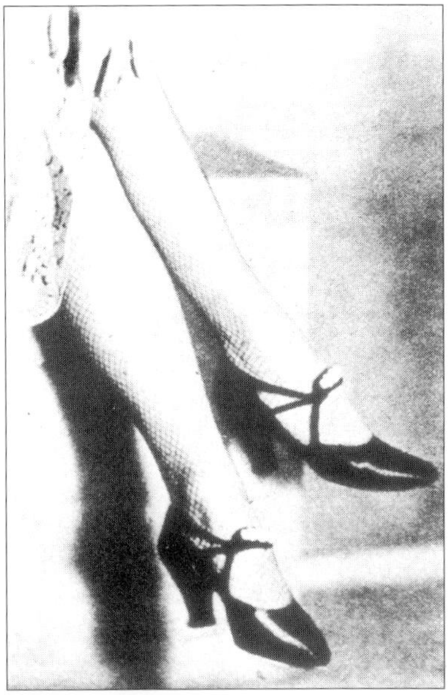

23

24

23. Pasarían años antes de que lograran imponerse estas medias de red, creadas por Gastineau, de París, en 1930. Por aquel entonces eran el símbolo de la frivolidad, del cabareteo y aun del adulterio.

24. La marcha de las *rabassaires* sobre Barcelona, en abril de 1933.

25

26

25. Victoria Kent, directora de Prisiones (en la imagen visitando la de Córdoba), y diputada de las Cortes constituyentes, expuso ante el Parlamento su deseo de que se aplazara la concesión del voto a la mujer, por estimar que la inmensa mayoría de las mujeres españolas no estaban aún preparadas para el ejercicio de este derecho, y que su intervención en las próximas elecciones podría ser un grave peligro para la República.

26. Un momento del primer partido de *handball* jugado en Madrid, en el estadio de la Ciudad Universitaria, entre los equipos femeninos del Instituto Francés y del Instituto Cervantes.

27

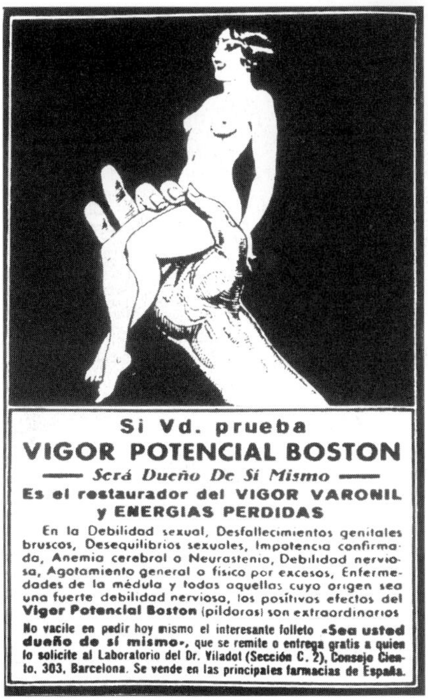

28

27. Las «chicas-taxi» en funciones. Sus tiernos servicios (conversación grata, calor humano, compañía) eran muy solicitados por los estudiantes, oficinistas tímidos, dependientes de comercio, desocupados con dinero y algún que otro caballero entrado en años.

28. Anuncio publicado en *Crónica*, 10 de febrero de 1935. Dejando de lado el natural —aunque bastante fantasioso— optimismo de esta mano varonil sosteniendo a la dama, la deshinibición publicitaria de la época en relación con el sexo y sus derivados es envidiable.

29

30

29. Al iniciarse la década, el pecho femenino fue rehabilitado con todos los honores y hasta se promocionó para él, en todo el mundo, un «plan de desarrollo».

30. Las fotografías de arte, de Manassé, tan familiares para los lectores de la revista *Crónica* de los años treinta. Además de un «estudio» artístico del desnudo femenino, eran una elegante aportación a la erótica alborozada del momento.

31

32

31. El esplendoroso momento que vivió la prenda interior femenina, la combinación, orientó y condicionó una sutil sensualidad casera cuya máxima expresión fue tal vez el gusto de la época por el *déshabillé* a base de medias negras, liguero y encajes como crespones de luto.

32. S. M. el Rey visitando, con el presidente de la Asociación de Agricultores, a finales de 1929, unas plantaciones de algodón.

33

34

33. El Gobierno cívico-militar del general Primo de Rivera.

34. En la calle de Atocha, ante la Facultad de Medicina... Desde lo alto del edificio, los estudiantes arrojan a la calle sillas y banquetas, que los huelguistas deshacen para utilizar los trozos como estacas en la lucha contra la fuerza pública.

35

36

35. Uno de los tranvías volcados por los huelguistas, en la mañana del primer día de huelga. En la tarde sólo circulaban dos coches, uno del Grao, y otro del Matadero, custodiados por la Guardia Civil.

36. Manifestación popular con motivo de la proclamación de la República.

37

38

37. 15 de abril. La noche anterior don Alfonso XIII salió de Madrid en coche y embarcó en Cartagena rumbo a Francia. En las primeras horas de la mañana, doña Victoria Eugenia abandonó Madrid con sus hijos para tomar, en El Escorial, el tren para Francia. Los automóviles se detuvieron en Galapagar y la ex reina de España se despidió de sus damas y de los palatinos que la acompañaban, entre los que iban el general Sanjurjo (de espaldas), el conde de Romanones, Carmen y Pilar Primo de Rivera.

38. Proclamación de la II República en Madrid.

39

40

39. Niceto Alcalá Zamora, presidente del Gobierno provisional de la República, con Macià, presidente de la Generalitat de Catalunya.

40. A la República se le exigió mucho desde un principio. He aquí la quema de conventos en Madrid, en mayo de 1931.

41

42

41. Salvamento de una monja, sor Navidad, del convento de las Bernardas.

42. La esquina de las calles Montcada y Princesa, donde los huelguistas levantaron el adoquinado y alzaron una de las numerosas barricadas tras de las que resistieron a la fuerza pública durante la trágica jornada de la huelga.

43

44

43. Por esta puerta de la Casa de Campo, próxima a la estación del metro (Norte), al otro lado del Manzanares, más de doscientos mil madrileños penetraron, durante los primeros días de mayo de 1931, en los dominios de un parque desconocido para ellos hasta entonces.

44. Febrero de 1931: los jesuitas son expulsados de España. Aquí aparecen con sus maletas al llegar en camión a la estación de Irún.

45

46

45. Una joven periodista, Josefina Carabias, que fue muy activa y muy popular durante la República, recogió datos entre los campesinos de Valdepusa y escribió un reportaje en su favor.

46. Grupo de mujeres de Castilblanco, detenidas a consecuencia de la tragedia social ocurrida en aquel pueblo.

47

48

47. Los veintidós procesados por los sucesos de Castilblanco, que costaron la vida a cuatro guardias civiles y a un paisano, escuchando la lectura del sumario.

48. Ayuntamiento de Villa de Don Fadrique, julio de 1932: obreros detenidos después de los desórdenes que produjeron varias víctimas.

49

50

49. Cuadro de horror en el cementerio de Casas Viejas. Dieciocho cadáveres de paisanos, entre ellos el de una muchacha, muertos por la Guardia Civil y la Guardia de Asalto durante la lucha que estas fuerzas sostuvieron con los elementos anarcosindicalistas de dicha localidad, alzados en armas.

50. Corraleta de la casa de Seisdedos, donde fueron fusilados por orden del capitán Rojas, y sin juicio previo, los 14 campesinos detenidos al día siguiente de la lucha entre los sublevados y la fuerza pública.

51

52

51. Los estudiantes de Zaragoza, que deseaban llevar a cabo una manifestación contra el Estatuto catalán, arrojaron piedras, desde los balcones de la universidad, contra los guardias de asalto enviados para impedir dicha manifestación. De la refriega resultaron tres heridos. Los guardias penetraron en la universidad y detuvieron a un crecido número de estudiantes, que aparecen en esta fotografía saliendo del edificio con los brazos en alto.

52. Gil Robles, derechas. Lerroux, centro. Indalecio Prieto, izquierdas.

53

54

53. Bilbao. El panorama electoral de toda España en las elecciones de 1933: mujeres y más mujeres cayendo en avalancha sobre las urnas...

54. Soldados gubernamentales disparando contra los mineros desde el convento de las Adoratrices.

55

56

55. El general López Ochoa, que comandó las fuerzas que aplastaron la insurrección asturiana. Fue asesinado en el Hospital Militar de Madrid en el año 1936.

56. Un sargento de Regulares disparando contra los revolucionarios en el barrio de San Lázaro, último baluarte de los asturianos.

57

58

57. En aquel mismo año de 1934, Millán Astray y otros jefes y oficiales de la Legión ofrecieron un sable de honor a Francisco Franco, el primero de ellos que alcanzó el generalato, y entonces Jefe de Estado Mayor Central del Ejército. Como asesor del ministerio de la Guerra, Franco fue realmente Jefe de Estado Mayor de la campaña en Asturias pasando por encima del general Masquelet y el auténtico general en jefe hasta la llegada de López Ochoa a Oviedo. Actuó como coordinador y cerebro de las operaciones.

58. Campesinos y mineros sublevados prendidos por la Guardia Civil y llevados a prisión. Una mujer va al frente de ellos, presa también.

59

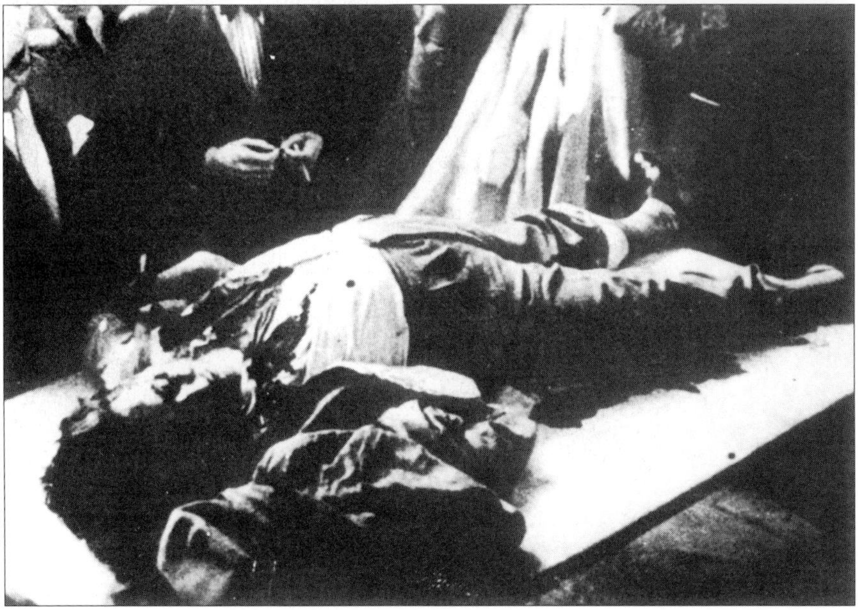

60

59. Última fotografía de Joaquín Calvo Sotelo en vida.

60. El asesinato del líder derechista Calvo Sotelo, la noche del 12 de julio de 1936, cerraba un doloroso período de la historia de España y abría otro todavía más doloroso y más sangriento.

61

62

61. Barcelona 1936. Un pórtico para la guerra civil que se avecina.

62. Paulino Uzcudun también se enfrentó al fenómeno Joe Louis. Fue en enero de 1936, ya en el declive de la carrera de Uzcudun. Un dramático combate que terminó en K. O. del vasco.

63

64

63. El triunfo de Vicente Trueba en el Tour de Francia de 1933: en la foto de arriba, Trueba en solitario cruza el Col du Port.

64. Dos actitudes de Lili Álvarez, la célebre jugadora de tenis y cronista de deportes, a quien el diario inglés *Daily Mail* envió a España para hacer reportajes políticos.

65

66

65. Charlie Chaplin y Mahatma Gandhi en Londres, septiembre de 1931.

66. Entre el voluminoso correo que Charlot recibía durante su visita a Londres, había cartas tan curiosas como éstas.

67

68

67. Greta-Louisa Gustafsson o la mujer intemporal: su estilo reinó siempre por encima de la moda de su época, su cara y su peinado no pertenecieron solamente a los años treinta.

68. Clark Gable y Claudette Colbert, intérpretes de *Sucedió una noche*, dirigida por Frank Capra.

69

70

69. Carole Lombard, una gran actriz de comedia.

70. «Hombre ideal, 1933.» Sobreponiendo todas esas caras de famosos del momento, surge el «hombre ideal» que sueña toda mujer. Así al menos lo creía la revista *Vanity Fair*, que inventó el juego en su número de noviembre de 1933. De izquierda a derecha: George Raft, Johnny Weissmuller, Gary Cooper, Franchot Tone, Richard Arlen, George Brent, Robert Montgomery y Fredric March.

71

72

71. Cary Grant inicia su carrera al arrimo de Mae West, autora de frases célebres como ésta: «¿Ese bulto en tu bolsillo es una pistola, o es que te alegras de verme?»

72. Luis Buñuel. Director de *Un perro andaluz* (1929), *L'âge d'or* (1930) y *Tierra sin pan* (1934).

73

74

73. S. M. Eisenstein (Su Majestad Eisenstein, como era llamado), el rey indiscutible del cine mundial, en una imagen que es todo un símbolo: sentado, no muy respetuosamente por cierto, en el trono del zar de Rusia.

74. El actor húngaro Bela Lugosi, ciudadano norteamericano desde 1931. El vampiro más patético de la historia del cine. Se casó cinco veces, las drogas le enloquecieron y acabó creyendo que realmente era el conde Drácula. Los últimos meses de su vida no quería salir de casa durante el día.

75

76

75. El mito de Frankenstein empezó con una gran dosis de ternura.

76. *M (El vampiro de Düsseldorf)* con Peter Lorre, dirigida por Fritz Lang.

77

78

77. *King Kong* (1933), con Bruce Cabot y Fay Wray. *King Kong* o el mito de la bestia enamorada. Esta hermosa película se convertiría en un clásico del cine fantástico, no superado en belleza ni en emoción pese a los avances tecnológicos actuales.

78. Ernst Lubitsch, director de *El desfile del amor* (1929), la película que impuso definitivamente el sonoro en compañía de sus intérpretes Maurice Chevalier y Jeannette Mac Donald.

79

80

79. Esta actriz de los años treinta, ¿a quién le recuerda al espectador actual? A Romy Schneider. Y es lógico, porque se trata de su madre, Magda Schneider, famosa actriz del cine alemán en los años en que Hitler subía al poder. Aquí aparece con Hermann Thimig en la película-opereta *Contigo a la estratosfera.*

80. Consagración definitiva de Charles Laughton como capitán Bligh en la gran película de acción *La tragedia de la Bounty* (1935), de Frank Lloyd.

81

82

81. *Una noche en la ópera* (1935), de los hermanos Marx.

82. La mejor pareja de cómicos del cine: Stan Laurel y Oliver Hardy.

83

84

83. 1935: nace una «estrella» fulgurante que ha de reinar en la década siguiente: Margarita Cansino, muy pronto Rita Hayworth.

84. Erich von Stroheim en *La gran ilusión* (1937), de Jean Renoir.

85

86

85. Tyrone Power (Jesse James) en el último plano de *Tierra de audaces* (1939), de Henry King. La historia del bandido «bien amado» empieza aquí a sentar las bases de una visión que pronto había de revolucionar el western y el cine de acción en general. La muerte del héroe-asesino bajo el «Dios bendiga nuestro hogar» que cuelga en la pared.

86. La inolvidable Betty Boop, que tenía los labios como un corazón y unas largas pestañas que envidiaban Joan Crawford y Raquel Torres. Fue una creación de Max Fleischer. Siempre con su falda cortita, con su liga y su palmito, Betty Boop llegó a enfrentarse con la censura de su país.

87

88

87. Walt Disney, fabulista y poeta del cine, creador de personajes inolvidables: Mickey, Donald, Pluto, los tres cerditos, etc.

88. Bette Davis era al principio de su carrera una rubia ingenua y frágil y estaba lejos todavía de la turbulenta personalidad que la haría famosa en la década siguiente. Aquí aparece con Joan Blondell y Warren Williams en *Tres vidas de mujer* (1932).

89

90

89. Errol Flynn, al empezar su carrera de aventurero seductor, alternó los filmes de acción con los dramas sentimentales. *Las hermanas* (1938), con Bette Davis, reveló que además de guapo espadachín y caballista consumado era un excelente actor de carácter. Flynn, antes de debutar en el cine en 1934, tuvo una vida agitada: fue pescador de perlas en los mares del Sur, buscador de oro en Nueva Guinea, periodista y boxeador.

90. La consagración de Bogey, la revelación de su capacidad mítica, ocurrió en 1935 con *El bosque petrificado*, en cuyo reparto él figuraba en quinto lugar. Los protagonistas eran Leslie Howard y Bette Davis. Howard, el gran actor inglés, fue quien recomendó a Humphrey Bogart al director y consiguió para él el rol de gángster. Esta interpretación había de marcar de manera indeleble toda la carrera cinematográfica de Bogart, convirtiéndole en el más humano de los gángsters que han llenado la historia del cine.

91

92

91. El deseo de hacer un «cine auténticamente nacional» siempre fue una constante en el cine español. Así se veía el problema en 1932: una cuestión de dinero, y de las manos que lo manejaban. El reclamo tiene resonancias en la actualidad.

92. Nuremberg 1929: Hitler preside, entre aclamaciones, la primera reunión del Partido Nacionalsocialista alemán. Brazos en alto y gritos de rigor: así entraba Alemania en la década de los treinta, aunque al Führer le faltaban aún cuatro años para alcanzar el poder.

93

94

93 y 94. Al principio era como un divertido juego de niños: la cruz gamada, las camisas pardas, el bonito uniforme. Pero el movimiento nazi se asentaba ya sobre la opresión y la muerte.

95

96

95. Octubre de 1930: reapertura del Reichstag.

96. El mariscal Von Hindenburg paseando con sus nietos por el parque presidencial en vísperas de las elecciones de 1932. Hindenburg fue persuadido por su canciller Bruning y por el ministro de la Guerra Gröner de que sólo él podría derrotar a Hitler, por lo que el viejo mariscal decidió presentarse como candidato de la izquierda y el centro.

97

98

97. 1931: una impresionante manifestación del fascismo alemán. Aspecto del mitin durante el cual fueron consagradas veinticuatro nuevas banderas de las legiones hitlerianas. Adolf Hitler, seguido de su Estado Mayor, pasa revista a las nuevas enseñas.

98. Hitler, con Rudolf Hess, al salir de la legación de Brunswick.

99

100

99. Sonriente y confiado, esperando el momento oportuno para pasar a primer término del poder, Hitler sigue como una sombra al anciano presidente Von Hindenburg.

100. Marinus van der Lubbe, comunista, acusado del incendio del Reichstag el 27 de febrero de 1933. Fue preso inmediatamente, juzgado y ejecutado. Habrían de pasar muchos años para saberse la verdad: Van der Lubbe fue comprado con dinero por los propios nazis, que incendiaron el Reichstag, y poder así facilitar la acusación contra los comunistas.

101

102

101. En la iglesia de La Garnison, Adolf Hitler, con las riendas del poder ya en sus manos, lee su discurso de apertura del nuevo Reichstag ante el presidente Von Hindenburg, en uniforme de mariscal, y los miembros del gobierno. La primera parte de sus sueños se había cumplido.

102. Almacenes de unos judíos el 1 de abril de 1933.

103

104

103. Esta foto fue tomada por el propio Hitler, que compensaba su deficiencia física con su obsesión por la pureza de la raza aria. En ella vemos a la flor y nata de las terribles SS entonando un extraño canto teutónico a sus cuerpos: listos para ejercer el crimen.

104. Heinrich Himmler en la época en que Hitler le nombró Reichsführer de las SS. Tras esa cara de intelectual refinado y estudioso, tras esa mirada astuta y no exenta de ironía, se ocultaba una de las mentes más criminales del Tercer Reich.

105

106

105. Ernst Roehm, jefe de las SA o Secciones de Asalto nazis, asesinado, así como sus principales lugartenientes, en la trágica noche del 29 de junio de 1934.

106. Goebbels, ministro de Propaganda del Reich, asistiendo con su esposa al Derby alemán de 1937, en Hamburgo.

107

108

107. «¡Las palabras pueden ser bellas, pero los fusiles, las ametralladoras, los barcos, los aviones y los cañones son cosas aún más bellas!», Benito Mussolini, mayo de 1930.

108. Décimo aniversario de la marcha sobre Roma: Fascismo *in excelsis.*

109

110

109. Joselito.

110. «Torear es algo horrible, espantoso... pero volveré a torear», Juan Belmonte, junio de 1934.

111

112

111. Erskine Cadwell publica en 1932 *La ruta del tabaco*, casi al mismo tiempo en que aparece *Luz de agosto*, de Faulkner, que en 1931 había publicado *Santuario*.

112. Los Hemingway de tierra y mar, pareja inquieta y viajera.

113

114

115

113. Thomas Mann en el exilio, 1934.

114. Bertolt Brecht.

115. El poeta ruso Maiakovski.

116

117

116. El 30 de octubre de 1938, a las ocho de la noche, una emisión radiofónica de Orson Welles (*La Guerra de los mundos*, de H. G. Wells), obtiene un éxito de verdadero escándalo en Estados Unidos: el país entero creyó realmente que la radio anunciaba la invasión de extraterrestres, provocándose un pánico que llenó las iglesias de multitudes aterradas, desencadenó actos de pillaje y huidas a las montañas y hasta alumbramientos prematuros. La colosal mistificación de Welles le valió entrar en los estudios de Hollywood por la puerta grande. Desde entonces se le conocería por «el Genio».

117. Miguel de Unamuno leyendo su drama *El otro* a Margarita Xirgu y Enrique Borrás, con la compañía en pleno. Era en octubre de 1932.

118

119

118. De izquierda a derecha: Federico García Lorca, la actriz Margarita Xirgu y Cipriano Rivas Cherif, asesor literario de la Xirgu, en una foto de 1931.

119. Pío Baroja, en 1930, cuando publicó *Los pilotos de altura* y *La estrella del capitán Chimista*.

120

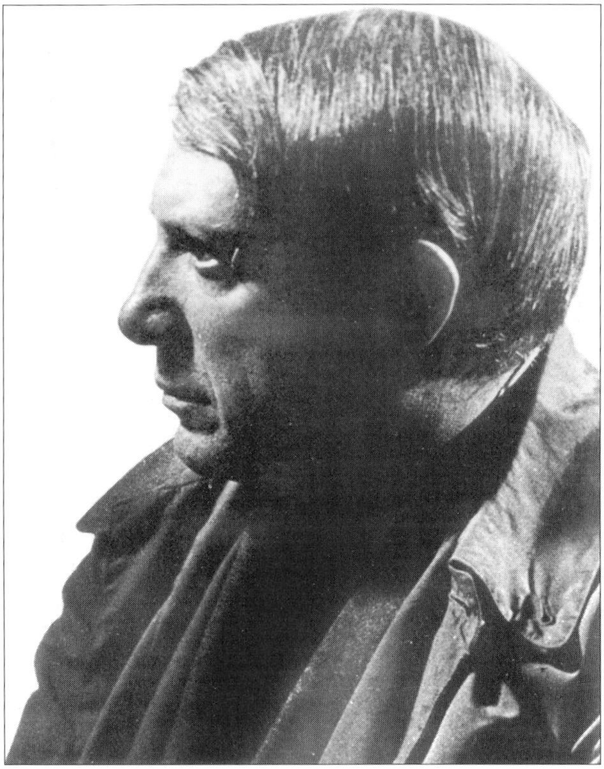

121

120. *Guernica*, el célebre cuadro que revolucionó todo el arte del siglo XX, fue pintado por Picasso en 1937, en plena guerra civil, por encargo del Gobierno de la República española.

121. Pablo Picasso.

122

123

122. El poeta Miguel Hernández hablando a las tropas republicanas durante la guerra civil española: *Vientos del pueblo me llevan, / vientos del pueblo me arrastran, / y me esparcen el corazón / y me aventan la garganta...*, Miguel Hernández: *Viento del pueblo.*

123. Pablo Neruda.

124

125

124. Rafael Alberti.

125. César Vallejo.

126

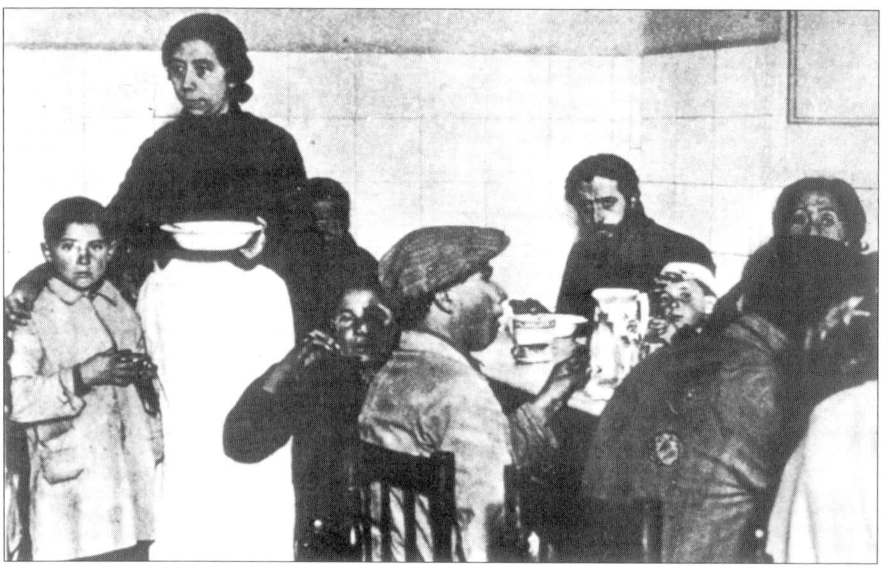

127

126. La Rambla de las Flores de Barcelona en 1931.

127. Comedor económico de las Luisas de Marillac, inaugurado en Madrid en 1935, y donde se servía a los pobres más de quinientas raciones diarias.

128

129

128. En los años treinta, el automóvil (lejos aún del inhóspito, desdichado utilitario posterior) conoció una evolución estética decisiva cara al futuro. Se observa en los modelos de 1931, por ejemplo en el Ford, que el morro del motor sigue aún detrás de las ruedas delanteras y de los faros, mientras que en el Buick 1934 se halla ya por delante de las ruedas, las cuales por su parte acusan más énfasis en el neumático que en las varillas (una sensible pérdida), a la vez que los faros se alargan. El guardabarros se redondea y cobija más la rueda, el automóvil pierde esquinas y aristas.

129. Un curioso modelo de automóvil de 1933, profético en cierto modo. Porque si entonces pasó por una fantasía o un capricho, el tiempo vendría a darle la razón. Obsérvese que el diseñador intuyó las líneas aerodinámicas que se impondrían en la década siguiente, que el estribo desaparecería, que el guardabarros cubriría la rueda (definitivamente sin varillas cromadas) y que los faros se incorporarían al chasis.

130

131

130. Las alegres playas del Manzanares en 1931. La hora del tango en la playa Artistas Unidos.

131. Orillas del Jarama en 1935 o la mujer nueva sin prejuicios.

132

133

132. La calle de Ramón y Cajal, de la barriada de Gracia, Barcelona, Fiesta Mayor de 1935.

133. El organillo se despidió con su ternura popular en los años treinta, una y otra vez se despidió de sus tiernos adictos de la calle y el balcón, y sus despedidas habían de prolongarse durante casi un cuarto de siglo.

134

135

134. Miembros de las Juventudes Socialistas Unificadas recorriendo las calles de Madrid para invitar a los jóvenes a alistarse en las Milicias del Frente Popular y marchar al frente.

135. El general Franco, entre los generales Mola y Cavalcanti, en las calles de Burgos.

136

137

136. «En Barcelona las fuerzas del Ejército se han lanzado a la calle para declarar el estado de guerra. La Guardia de Asalto, la Guardia Civil y Seguridad, afectas al Gobierno, se opusieron enérgicamente luchando contra los sediciosos. En estos momentos puede darse por fracasado el movimiento, porque no han podido conseguir ninguno de sus objetivos, y en cambio se han detenido a bastantes cabecillas, jefes y oficiales. También se les ha causado muchas bajas. La lucha es entre fuerzas de Guardia Civil y Asalto de un lado, y el Ejército de otro.» (Noticias radiadas desde Gobernación acerca de la sublevación militar dirigida por el general Goded en Barcelona, a las once menos cuarto de la mañana del domingo 19 de julio de 1936.)

137. El patio del Cuartel de la Montaña después de ser tomado por los republicanos.

138

139

138. En el aeropuerto de Logroño, Franco recibe a las legiones italianas enviadas por Mussolini para combatir a la República.

139. El general Queipo de Llano, famoso por sus vibrantes y disparatadas alocuciones contra la España republicana desde Radio Sevilla.

140

141

140. El general Emilio Mola, muerto en accidente de aviación en 1937, pocos días antes de la toma de Bilbao.

141. Después de un bombardeo en Madrid.

142

143

142. El pueblo madrileño, entre las ruinas, hace cola para proveerse de víveres.

143. Enrique Líster, alma del famoso 5.º regimiento.

144

145

144. El general Miaja, defensor de Madrid, y el coronel Casado.

145. Tropas «nacionales» entrando en Bilbao.

146

147

146. A las 19.30, Su Excelencia el jefe del Estado ha firmado los decretos en virtud de los cuales queda constituido el Gobierno de la nación en la forma siguiente: *Presidencia:* Su Excelencia el Generalísimo (3); *Vicepresidencia y Asuntos Exteriores:* general don Francisco Gómez Jordana y Souza (4); *Justicia:* don Tomás Domínguez Arévalo, conde de Rodezno (8); *Defensa Nacional:* general don Fidel Dávila Arrondo (6); *Orden Público:* general don Severiano Martínez Anido (5); *Interior:* don Ramón Serrano Súñer (7); *Hacienda:* don Andrés Amado (10); *Industria y Comercio:* don Juan Antonio Suances (2); *Agricultura:* don Raimundo Fernández-Cuesta y Merelo (11); *Educación Nacional:* don Pedro Sainz Rodríguez (9); *Obras Públicas:* don Alfonso Peña Boeuf; *Organización y Acción Sindical:* don Pedro González Bueno (1); La primera reunión y jura será el próximo miércoles a las cuatro de la tarde (*El Norte de Castilla*, 1 de febrero de 1938.)

147. Despedida de las Brigadas Internacionales en Barcelona, octubre de 1938. Entre el público que presenció el desfile, José Díaz, secretario general del Partido Comunista español, y Dolores Ibárruri.

148

149

148. Calles de Barcelona.

149. Tropas «nacionales» desfilando por el Paseo de Gracia de Barcelona.

150

151

150. Luchon: empieza el éxodo. *Izquierda*, refugiados españoles conducidos a los campos de concentración. *Derecha*, el general Gallo abandonando un hotel.

151. Le Perthus: paso y desarme de las tropas republicanas.

152

153

152. Primer desfile de la Victoria, 19 de mayo de 1939.

153. La nueva Rusia, la que combinaba el primer ensayo de Plan Quinquenal, la instrucción militar de las juventudes y la expansión científica y cultural, se ensimismó para trabajar duro durante toda la década de los treinta.

154

155

154. Un desfile del Ejército Rojo ante el palacio del Kremlin en Moscú.

155. «Aun si dais a la Patria vuestra vida, nada habréis dado todavía», Adolf Hitler.

1939-1950

1939: «CAUTIVO Y DESARMADO...»

1 de abril de 1939. Fin de la guerra de España. Tres años de lucha, cerca de un millón de muertos, el país devastado y una de las emigraciones más impresionantes, en cantidad y calidad, que registra la historia nacional. Las consecuencias políticas de esta conflagración respecto a una Europa con los nervios a punto de estallar tardarían muy poco en hacerse claras: Hitler estaba ya arengando a sus escuadrones de la Wehrmacht armados hasta los dientes. Caían ya las vendas de muchos ojos. La confusión y la angustia atenazaban el continente entero cuando en la península se instaló el silencio: España ya había dicho lo que tenía que decir, había empleado en ello tres espantosos años.

El triunfo de las tropas «nacionales», con la simpatía y la ayuda militar de la Italia de Mussolini y la Alemania de Hitler, dio el poder al Caudillo Franco. El Alzamiento Nacional inspirado por él y otros generales en 1936 había derrocado a la II República al cabo de tres largos años de sangrientas luchas, iniciándose seguidamente una difícil etapa de reconstrucción material y espiritual que culminaría con el aislamiento de España decretado por las Naciones Unidas.

La posguerra en España instauró naturalmente una larga ceremonia de luto, hambre, ruinas y paro. Grandes corrientes migratorias cruzaron el país en todas direcciones huyendo de la miseria y del inmediato pasado político, dejándose en el camino convicciones, ideas, criterios, muertos, gemidos, odios, esperanzas y desengaños, un equipaje que ahora se revelaba superfluo y hasta peligroso, y que había que arrojar a la cuneta ante necesidades más urgentes: trabajo y pan. En la prensa aparecían las primeras noticias de trabajadores españoles enviados a Alemania, inaugurándose así un doloroso capítulo de la crónica nacional contemporánea que había de prolongarse durante treinta años. Mientras tanto, Hitler da los últimos toques a sus planes sobre Europa. El Nuevo Orden que pregona el eje Roma-Berlín tiene en la península contundentes resonancias, ecos que todavía hoy se pueden captar en la prensa, las revistas y los discursos oficiales de la época. Cuando el mundo escucha, pasmado y temeroso, los vengativos bramidos del Führer y las teatrales arias del Duce lanzados desde sus altas y fachendosas convicciones, cuando ya los ejércitos del viejo continente se calzan las botas y calan las bayonetas, cuando ya miles de judíos eran perseguidos y asesinados por el poder nazi y todavía nadie levantaba una voz de protesta, cuando era ya evidente que la bota teutónica se disponía a hollar nuevamente Europa, el pueblo español calla y espera. En septiembre, Hitler invade Polonia. Luego se vuelve a Occidente. Llamada a filas en París y Londres. La segunda guerra mundial es inevitable.

¿Qué hacen los españoles mientras Europa se repliega ante el avance alemán? Restañar sus heridas, llenar de nuevo las iglesias aún chamuscadas, buscar trabajo, recomendaciones, familiares perdidos o muertos. Las noticias sobre la nueva guerra mundial en unos provoca cierta secreta y loca esperanza, en otros latentes ansias bélicas y reivindicativas. España se divide de nuevo, esta vez incruentamente, en dos bandos: por Alemania unos, contra Alemania otros. Coyuntura ideológica que también ayudaba a mantener encendidos algunos rescoldos de la guerra civil. Así empezó la enloquecida, sangrienta, fea década 1940-1950.

¿QUIÉN ES QUIÉN?

De la noche a la mañana, cientos de personajes entraron en la Historia por la puerta grande de la segunda guerra mundial. Políticos y militares, reyes, científicos, guerrilleros, diplomáticos, revolucionarios, clérigos, espías, verdugos. Para algunos de los que formaron la elite de la guerra, la aristocracia del poder en cuyas manos estuvo la vida y la muerte de millones de seres, el paso del tiempo apenas ha erosionado sus altos pedestales; para los demás, en lo que a prestigio se refiere, la fortuna ha sido diversa y curiosa. El tiempo, ya es sabido, nunca fue amigo de bellas ni de políticos y había de deteriorar por igual a Rita Hayworth y a sir Winston Churchill —con desventaja para el glorioso descendiente de Mambrú, por supuesto. Al cabo, a uno le sorprende cada vez lo mismo: nada nuevo. Estos mandamases son los mismos de siempre.

Pero esa tendencia del confuso y alienado ciudadano por establecer urgentemente jerarquías y valores, por clasificar, sobre la misma marcha de los acontecimientos, en «buenos» y en «malos», ¿en nombre de qué moral política se hizo entonces, en orden a qué valores, en razón de qué méritos? Por cierto que muy pocos observadores parecían estar libres de la contaminación vengativa y reivindicativa. Frente a los germanófilos, las grandes figuras del momento (Roosevelt, Truman, Churchill, Eisenhower, De Gaulle, MacArthur, Montgomery, Alexander, etc.) que para los liberales encarnaban precisamente las virtudes democráticas, no eran más que espantajos de una falsa democracia empeñada en frenar la corriente de la Historia y evitar la implantación del llamado «Nuevo Orden nacionalsocialista». Curiosamente, tenían razón a medias (la razón a medias, la verdad a medias, suele ser la sustancia que compone la naturaleza de los políticos). Así, por ejemplo, cuando la prensa fascista de Europa lanzaba sus anatemas contra los yanquis por su intervención en la guerra, esgrimiendo lúcidos análisis (que nunca hemos vuelto a leer en nuestra prensa, por cierto) que condenaban el sistema capitalista e imperialista norteamericano, denunciaban al presidente Roosevelt y a su astuta política de «Buen Vecino» como una sutil forma de penetración en la América Latina, o revelaban abusos de poder estalinista en Rusia, o el siniestro pasado del general Eisenhower cuando se especializó en represiones contra movimientos obreros en Estados Unidos (1929-1930), tenían razón... a medias. No la tenían del todo en la medida en que les faltaba autoridad moral: pues estas mismas acusaciones eran aplicables al propio sistema de Hitler y Mussolini y a sus propios jerarcas. En cuanto a los llamados liberales, para ellos el Führer y el Duce y sus planas mayores respectivas no eran más que criminales fachendosos y dementes.

Como suele ocurrir, muchas calificaciones acabarían por revelarse si bien no equivocadas, sí insuficientes y simplistas. Al igual que objetos de consumo destinado a una sociedad de consumo, los grandes personajes suelen pasar al escaparate de la Historia con una etiqueta burdamente redactada por astutos comerciantes: vale tanto. Pero ni Hitler fue el estratega absolutamente genial que se ha dicho, ni Churchill su «vencedor»; ni Eisenhower ni MacArthur fueron solamente brillantes y «puros militares» que desdeñaban la política (el primero había de escalar la presidencia norteamericana y el segundo tomaría en Corea decisiones «políticas» que acarrearían su famosa destitución), ni Mussolini un vistoso y pechugón tenor de opereta que buscaba sólo la ruina de Italia con sus sueños imperiales. Algo más había, algo más animaba estas orgullosas cabezas que ensombrecieron la década más siniestra en lo que va de siglo. ¿Ansias de poder? ¿Nobles convicciones, en el fondo? ¿Un sentido disparatado y enfermizo de su destino en la Historia? Pocos políticos y militares en el poder parecen librarse de eso. Lo importante es lo que luego se hace con su memoria, y por qué. Rommel, por ejemplo, el bravo mariscal de tantas victoriosas campañas en el desierto, el genial estratega que hizo andar de cabeza a Montgomery, es uno de los militares nazis cuya memoria ha sido reivindicada en la pujante Alemania Federal de hoy. ¿Por qué? ¿Porque fue un estratega admirable o porque se atrevió a conspirar contra Hitler? ¿Se honra su memoria por su visión militar o por su visión política, por nazi o por antinazi? Lo más seguro es que con su recuerdo se pretenda no sólo honrar sino también remozar a «cierta» Alemania... ¿Cuál es esa Alemania? He aquí lo que interesa. Lo demás es fanfarria y culto a figuras de cera que hace tiempo enmudecieron.

Ellos no son ya nada: sombras prestigiosas, recuerdos manejados por manos e intereses aparentemente distintos a los de su tiempo, pero en el fondo iguales. Según convenga, el prestigio o el desprestigio es acumulado en un personaje y así él solo polariza lo que de hecho corresponde al sistema. Truman pasará a la Historia como el presidente atómico, el hombre que decidió arrasar Hiroshima y Nagasaki para anticipar en unas semanas la ya inevitable derrota japonesa; pero el germen de esa matanza ya anidaba en la presidencia de su antecesor Roosevelt. Es cierto que los Himmler y los Eichmann fueron los más altos responsables del exterminio de millones de judíos y prisioneros de guerra, pero no lo es menos que míster Churchill es en buena parte responsable directo de los terribles bombardeos de Dresde, la ciudad alemana donde en una sola noche murieron, bajo las bombas y los pavorosos incendios, más civiles indefensos que en Hiroshima y Nagasaki juntas. Se insiste (y no sin razón) en la condición siniestra de Stalin, «el lobo disfrazado de cordero», junto con sus militares, pero con frecuencia se olvida su decisiva aportación a la victoria aliada, minimizando, porque así conviene para la llamada defensa de Occidente, la heroica resistencia comunista frente a su enemigo mortal, el fascismo.

Ho Chi Minh luchó al frente de su pueblo, primero contra los franceses y después contra los yanquis, durante más de veinticinco años. La dramática lucha que sostuvieron Chang Kai Chek y Mao

Tse Tung pertenece ya a la Historia, el Generalísimo nacionalista sólo es una sombra de lo que fue (y posiblemente también Mao), y tantos otros, muchos de los cuales ya han muerto. Aquí están. Obsérvense sus jetas en las fotos, sus gestos, sus sonrisas, sus apretones de mano en torno a la mesa de conferencias; léase lo que dijeron, sus frases grandilocuentes, sentenciosas, sus promesas, sus amenazas, sus verdades y sus mentiras. Se verá que, aparte de la impronta personal de cada uno, ofrecen pocas novedades para la década (a excepción hecha, sin duda, del triunfo de la revolución de Mao). Pues estos hombres escribieron, cada cual a su manera, las páginas de una crónica ya conocida, una Historia que la humanidad ya había leído: dolor, hambre, miseria, muerte. Nada nuevo.

LA MORAL Y LA MODA EN LOS AÑOS CUARENTA

En su curioso y divertido libro *Historia político-social del beso*, Pat O'Narruh cuenta cómo en la primera mitad de la década 1940-1950 el beso pasó de ser una simple manifestación amorosa a una desesperada forma de supervivencia. «El beso público —afirma el leído autor yanqui— en parques, calles y vagones del Metro empezaba a adquirir la categoría de institución, lo cual era considerado por muchos como inadmisible. Yo era también de esta opinión, hasta que, un soleado día del mes de julio de 1945, hallándome paseando por París, en medio de esa perfumada y saludable podredumbre que despide siempre una posguerra, vi cómo dos rubias y hermosas muchachas que caminaban delante de mí con las cabezas alzadas, contemplando la fachada de Notre Dame con una mezcla de estupor, aburrimiento y altivez, se paraban de pronto, se miraban a los ojos, y, abrazándose con verdadera furia, se besaban largamente, urgentemente en la boca. Comprendí que acababa de nacer una nueva era.»

Sin entrar en consideraciones sobre la solvencia intelectual de este leído autor, debe consignarse que en efecto el «relajamiento de la moral y las costumbres» a causa de la guerra barrió de golpe no pocos prejuicios. Las noticias que diariamente traía la prensa de toda Europa eran de lo más inquietante. Los niños que nacían eran hijos del miedo. De pronto el hogar (entendido como institución) desapareció de la vieja faz de Europa. Hombres y mujeres, huérfanos y viudas iban de acá para allá escopeteados, buscando trabajo, amores perdidos, amigos, venganzas, muertos, una cama, un saco de arroz, un cigarrillo, un padre para el hijo alemán o norteamericano. Pío XII clamaba en vano que los hombres se amaran, que los esposos y sus hijos comieran a sus horas reunidos en torno a la mesa, en olor de familia, que las muchachas fueran honestas y no aceptaran pintalabios ni chocolate de la soldadesca, y que las viudas de guerra se conformaran con su pensión; pero era inútil, los oídos estaban sordos a causa del fragor de las recientes batallas. En 1945, en París se registró la desaparición de 30.000 gatos. Cazados y comidos. Poco antes, el 2 de noviembre de 1944, el doctor Petiot había sido detenido y acusado de más de 60 crímenes. En febrero del año siguiente, las autoridades aliadas de Roma dispusieron una ley que prohibía salir de sus casas a los menores de catorce años a partir de las 8 de la noche. Un bote de leche podía ser el secreto origen de un nuevo ser. En Estados Unidos, al terminar la guerra y como consecuencia de la reconversión industrial, del cierre de fábricas de armamentos y de la desmovilización de combatientes, crecieron el paro, las huelgas y la delincuencia.

Los años cuarenta fueron los años del DDT, del gasógeno, de la cartilla de abastos, del estraperlo y de la hermana de fulano que, ¿sabes?, hace de puta. Nacieron cosas tan importantes como la bomba atómica, el avión de reacción, el radar, la penicilina, el bikini, el cohete espacial (el abuelo del *Apolo XI*), el *jeep*, el plexiglás, las medias de nailon y el *snack bar*.

La moda femenina adquirió un nivel de fealdad jamás alcanzado por década alguna. Se hizo marimacha, abrupta: blusas y trajes-sastre con esquinadas hombreras, altos zapatones con suela de corcho (los «topolino»), turbantes, peinados pulidos y altos, perfectos. La gabardina blanca con cinturón muy ceñido, que había alcanzado su máximo esplendor en los años treinta, sobrevivió de milagro en medio de tanta vulgaridad. Pero hubo una gran pérdida: la boina, deliciosa prenda que reinó en la década anterior. La falda, quizá como símbolo del desconcierto general reinante, oscilaba de insuficientemente corta a muy larga sin acertar nunca la justa medida (suponiendo que exista). Una nueva especie femenina surgió de entre las ruinas y las colas de abastos, un tipo de muchacha desenvuelta, ondulante y pizpireta: la Chica Topolino.

Los automóviles, de cuadrados pasaron a ser definitivamente redondos, desaparecieron sus ángulos y sus aristas, su anatomía se onduló, se hizo suave, femenina, terriblemente peligrosa y excitante.

En todo fue un poco así. Y es que aquel insólito «beso público» que mediada la década sorprendió tanto a Pat O'Narruh, era ni más ni menos que una declaración de principios lanzada al rostro arrogante y belicoso del hombre de los años cuarenta: ahora nos toca a nosotras, y lo haremos mejor. Efectivamente, la década siguiente sería moral y estéticamente más hermosa. Los años cincuenta fueron, por encima de todo, años «con caderas» —los años de Marilyn Monroe.

ESCENARIOS DE LA SEGUNDA GUERRA MUNDIAL

En la guerra de 1939-1945 participaron millones de hombres y se luchó en casi todos los continentes, en todos los mares y en todos los cielos. Su desarrollo y su desenlace influyó en el destino de todos los pueblos del planeta y sus consecuencias todavía hoy afectan a muchos problemas políticos y económicos de palpitante actualidad.

Esta guerra arrastró en su órbita a 61 Estados y al 80 % de la población del globo, produjo 55 millones de muertos e incalculables pérdidas materiales. Jamás el frente de una guerra había abarcado posiciones y territorios tan distantes y dispares entre sí: desde el primer descalabro francés en la Línea Maginot hasta la última bomba arrojada sobre Tokio se tejió sobre la tierra una espesa tela de araña de combates que prácticamente no dejó ningún país sin cicatrices.

Los documentos no pueden reflejar toda la complejidad y todo el dinamismo de los acontecimientos bélicos. Se destacan dos fases importantes: la primera registra la lucha en Europa y norte de África, y se inicia con el fulminante avance alemán (caída de Polonia, Holanda, Bélgica, Francia, Yugoslavia, etc.), incluye la primera derrota seria de la Wehrmacht en el frente ruso y culmina con la entrada de las tropas soviéticas en Berlín en abril de 1945; contiene acontecimientos tan decisivos como el desembarco aliado en Normandía y en Sicilia, las campañas de África y de Italia, la ofensiva nazi contra Moscú y las épicas batallas de Leningrado y Stalingrado. La segunda parte se refiere a la guerra con el Japón y al conflicto de Asia: ataque japonés a

Pearl Harbour en diciembre de 1941, guerra en Filipinas, en todo el Pacífico, en Indochina (entonces en poder de los franceses) y en China, para terminar en los bombardeos sobre Tokio, en la masacre atómica de Hiroshima y Nagasaki y la inmediata rendición del Japón. Era en el verano de 1945.

Las primeras y rápidas victorias alemanas asombraron al mundo. De hecho, Alemania empezó a perder la guerra en el frente ruso. Los desastres italianos en África y en la misma Italia alternaron durante algún tiempo con los triunfos alemanes. El pintoresco episodio del Gran Sasso, con el rescate de Mussolini por orden de Hitler, es un reflejo de esta situación. Las batallas de Stalingrado, El Alamein, Sicilia, el desembarco de Normandía y el paso del Rin señalan las etapas de la derrota alemana.

Se luchó en Grecia, Siria, Libia, Palestina, Abisinia, Egipto, Finlandia, Noruega, Ceilán, Hong Kong, Singapur, Sebastopol, etc. En una forma u otra, directa o indirectamente, todas las naciones de la Tierra se vieron implicadas en el conflicto. Países tan alejados del centro de la vorágine bélica como los de América Latina, por ejemplo, fueron empujados a proclamarse contra el Eje (Convenio de Buenos Aires, mayo de 1942) y a concertar acuerdos económicos y defensivos con Estados Unidos que concedían bases, personal militar y materias primas a fin de salvaguardar su integridad territorial.

Lo grande se percibe a distancia, según un dicho popular. Pero la complejidad de esta conflagración fue tal, con sus múltiples pactos y alianzas y contraalianzas, invasiones y contrainvasiones, reuniones de grandes, sabotajes, espionaje, armas secretas, acciones de la Resistencia, colaboracionismo, matanza de judíos y destronamiento y exilio de reyes, que al término de esta situación tan caótica y sangrienta, que se prolongó durante casi seis años, el mapa del mundo había cambiado y seguía cambiando diariamente, surgiendo incluso nuevos Estados: los socialistas.

En el centro mismo de la década se clavó una paz que, no por inestable (como se comprobó en seguida) impidió que se colmaran de júbilo todos los pueblos. En la primera mitad de este período, el planeta entero había girado, sordo y aturdido, dentro del inmenso fragor de la guerra más mortífera y terrible que recuerda la humanidad; en la segunda fue el silencio de los campos arrasados y yermos, de las ciudades en ruinas, de los infinitos cementerios en uno y otro bando, de la geografía entera vestida de luto.

LA ESPAÑA NEUTRAL

España, como es bien sabido, no entró territorialmente en la segunda guerra mundial. Contra todo pronóstico, sorprendiendo a propios y a extraños, supo mantenerse al margen en una hora especialmente difícil y dolorosa para el país. Un somero repaso a los textos y documentos gráficos que testimonian nuestra política exterior de entonces confirma este hecho trascendental: ni las entrevistas de Franco con Hitler y con Mussolini, ni las visitas de Himmler y otros jerarcas nazis y fascistas a Madrid, ni los viajes del entonces ministro español de Asuntos Exteriores Serrano Súñer a Alemania e Italia para entrevistarse con Von Ribbentrop o Galeazzo Ciano, ni la afinidad de criterios revisionistas y reivindicativos respecto a la Europa surgida del Pacto de Versalles, ni el intercambio de elogios Berlín-Roma-Madrid, ni la confraternización de la Falange Española con las Juventudes Hitlerianas de Alemania y de todos los países ocupados por el Reich, ni la ayuda de la División Azul española a la causa nazi y al mando del general Muñoz Grandes (Cruz de Hierro) en el frente ruso, ni la semejanza de estilos, saludos, uniformes, camisas oscuras, lenguaje, emblemas y signos y estandartes testifican otra cosa (el que tenga ojos, que vea) que el inútil empeño de las fuerzas vivas del Eje por convencer al gobierno español que se adhiriera a la sangrienta honda expansiva del fascismo. España fue neutral. Tampoco el estilo y el tono de la prensa y las revistas españolas de entonces (*Vértice, Destino, Política de Unidad, Mundo*, y no digamos ya de las alemanas editadas en español, como *Signal* y *Adler*), pregonando el lenguaje del Imperio, ciertas reivindicaciones territoriales españolas en África, el Nuevo Orden, hablando de la pérfida Inglaterra, de la podrida República Francesa, de la alianza mundial entre francmasones, judíos y comunistas, de la «romanidad» del Mediterráneo y de la «germanización» de Europa, etc., dejaba evidenciar otra cosa que no fuese lo que ya hoy todo el mundo reconoce: que España fue no sólo no-beligerante durante la guerra, sino incluso absolutamente neutral.

Cierto que la verdadera política se «hace»; pero también se «dice», y lo que se dice cuando se está en el poder queda en letras de molde para la Historia. Con todo, los poderes ejecutivos son los que de verdad cuentan.

España ha pregonado al mundo esta verdad desde 1945, es decir, cuando Alemania ya tenía irremisiblemente perdida la guerra. Los que han querido oír han oído. Pero ahí van, por si aún hubiera dudas, estos testimonios gráficos y literarios. Que el lector juzgue por sí mismo.

EL FULGOR DE LAS ESTRELLAS

Llora, Hollywood, pintarrajeada vieja sentimental, llora: nunca volverán las glorias de antaño.

SAMUEL CRAMER

Nunca brilló el firmamento cinematográfico tan repleto de astros y estrellas como en la década de los cuarenta. Una auténtica constelación de «monstruos sagrados» marcó de manera indeleble el cine de estos años. Las grandes figuras que ya venían de los treinta con su impronta: el «guapo romántico» (Robert Taylor), el «galán tenebroso» (Charles Boyer), la «mujer fatal» (Rita Hayworth), el «duro seductor» (Clark Gable), etc., alcanzaron entonces su apoteosis. No es que la calidad del cine como manifestación cultural mejorase sensiblemente con respecto a la década anterior (a pesar de los buenos deseos del neorrealismo italiano). Ocurrió, simplemente, que el *star system* logró su máximo esplendor.

El fenómeno, seguramente irrepetible, es tanto más curioso cuanto que se produjo en medio del fragor y el desgarro de la segunda guerra mundial, ocasión única para que el cine hubiese intentado pasar de la adolescencia mítica (en la cual sigue: nunca hubo arte que se resistiera tanto a crecer) al estado de adulto. No fue así. La guerra, sin embargo, ofrecía tres realidades brutales de la época; el cine sólo supo (o quiso) aprovechar una de ellas. La primera mitad de la década trajo a España el cine que imponía el momento, cuando los mercados europeos estaban prácticamente en manos del Eje Roma-Berlín, películas de la UFA alemana con Kristina Soenderbaum, como *La ciudad soñada* o *El lago de mis ensueños*, o patrioteras y bélicas, como *Yo tenía un camarada*; películas italianas con gran fasto y masas vociferantes, como *La corona de hierro*, *Hector Fieramosca*, etc. Con la posguerra llegó la insufrible avalancha del cine triunfalista yanqui con hazañas de rubios marines y aguerridos soldados (*Guadalcanal* fue la más representativa) frente a un enemigo, alemán o japonés, siempre grotesco, inhumano y feo. La tercera etapa, que había de hacer escuela, la marcó el neorrealismo italiano instaurado por Rossellini con *Roma, ciudad abierta*, y culminado por De Sica con *Ladrón de bicicletas*. Un toque de sensatez, una llamada al orden que surgió de la misma entraña doliente de la guerra: así Europa pudo verse a sí misma, hambrienta y en ruinas. Pero el cine, que tiene la misma calidad turbia de los sueños, y cuya extraña naturaleza está sujeta al mercantilismo y a la prostitución tecnológica que impone la más veleidosa modistería acaso como ningún otro arte, sólo parece interesado en investigar la realidad en la medida en que ésta se aviene a arrojar luz sobre la naturaleza de sus propios sueños. Y pronto olvidaría la lección del neorrealismo. Desde el punto de vista del lenguaje cinematográfico, el llamado Séptimo Arte apenas ha avanzado nada desde los años treinta, desde los filmes de Jean Renoir (*La regla del juego*), Rouben Mamoulian (*El hombre y el monstruo*), John Ford, Raoul Walsh, King Vidor, Fritz Lang, La Cava, Chaplin siempre, etc.

Pero el *star system* prosiguió su éxito arrollador, dejando en esa década una exitosa estela de títulos y nombres: *Casablanca*, con Humphrey Bogart e Ingrid Bergman, *Rebeca*, con Laurence Olivier y Jean Fontaine, *Argel*, con Charles Boyer y Hedy Lamarr. *San Francisco*, con Clark Gable y Jeanette Mac Donald. *Lo que el viento se llevó*, *Extraña pasajera*, *La ciudad de los muchachos*, *Fruto dorado*, *Me casé con una bruja*, *¡Qué verde era mi valle!*, *La señora Miniver*, *Si no amaneciera*, *El puente de Waterloo*, *Escuela de sirenas*, *Tú y yo*, *Recuerda*, *El filo de la navaja*, *Encadenados*, *El embrujo de Shanghai*, y tantas otras. La obra maestra de erotismo norteamericano llegó con *Gilda*/Rita Hayworth (que sólo mostraba el codo), y el cine negro y el de aventuras fue insuperable: *El prisionero de Zenda, El signo del Zorro, Tres lanceros bengalíes, Murieron con las botas puestas, Unión Pacífico, Forajidos, Laura, La dama desconocida, El halcón maltés, La carga de la brigada ligera, El hijo de la furia, La casa de la calle 92, Jack el Destripador, Las cuatro plumas, Arizona, Búfalo Bill, El ladrón de Bagdad, Las mil y una noches*, las series de Tarzán, de Sherlock Holmes, de Frankenstein, y las apasionantes tres jornadas de *Los tambores de Fu-Manchú, El capitán Maravillas* y *El diabólico Dr. Satán.*[1] Además, algunos títulos pasarían a la Historia del Cine con letras de oro: *Iván el Terrible*, de S. M. Eisenstein; *La diligencia*, de John Ford; *Ciudadano Kane*, de Orson Welles; *Monsieur Verdoux*, de Chaplin; *Ladrón de bicicletas*, de De Sica; *Carta de una desconocida*, de Max Ophüls, *Alemania, año cero* y *Paisà*, de Rossellini; y la década se cerraría con una joya de Jean Renoir: *El río* (1950). El cine de fresa y nata, el Tecnicolor, nació en los cuarenta, y también la síntesis perfecta, insuperable, entre película-intérprete. La lista de rutilantes estrellas que triunfaron en esa década, hoy ya desaparecidos, resulta impresionante, sobre todo entre los «seductores»: murieron Robert Taylor, Tyrone Power, Clark Gable, Gary Cooper, Spencer Tracy, Humphrey Bogart, Leslie Howard, Franchot Tone, Robert Donat, Alan Ladd, Robert Walker, Henry Fonda. Muerta Jean Harlow en 1937, en los últimos años cuarenta surgió Marilyn Monroe, una dignísima y no menos llorada sucesora en el trono del *glamour*. Las grandes seductoras se llamaron Lana Turner, María Montez, Yvonne de Carlo, Michele Morgan, Joan Crawford, Katherine Hepburn, Betty Grable, Paulette Godard, Madeleine Carroll, Marlene Dietrich, Veronica Lake, Ella Raines, Vivien Leigh, Maureen O'Hara, Alida Valli, María Félix, Dorothy Lamour y, por supuesto, Rita Hayworth. Greta Garbo fue la gran superviviente de todo (incluso del amor) porque se retiró a tiempo.

Como las estrellas de verdad, muchas de ellas siguen enviando su luz aun cuando hace años que ya se han apagado.

1. Muchas de estas películas fueron rodadas en los años treinta. Sin embargo, debido a la guerra civil, no llegaron a España hasta bien entrada la década de los cuarenta. Puesto que la memoria del espectador ha de situarlas forzosamente en dicho decenio, se ha optado por incluirlas en él.

LOS CAMPOS DE LA MUERTE (TERROR SS)

Los Escuadrones de Defensa (Schutzstaffeln) del Partido Nacionalsocialista de los Trabajadores Alemanes, comúnmente conocidos por «las SS», fueron creados por Hitler en el año 1925. En un principio era un grupo selecto de devotos nazis cuya misión aparente era proteger a los oradores en los mítines públicos del partido nazi; su verdadera misión era, en realidad, la depuración política. Fusionadas luego las SS con la policía, Heinrich Himmler, Reichsführer de las SS, pasó a ser jefe absoluto de la policía alemana, con autoridad sobre la policía ordinaria y uniformada y sobre la Policía de Seguridad.

Las actividades criminales de las SS llenan uno de los capítulos más siniestros y alucinantes de la historia de la humanidad. Desde persecución y exterminio de judíos, torturas, experimentos y matanzas en campos de concentración, abusos en la administración de territorios ocupados y puesta en práctica de programas de trabajos forzados, hasta malos tratos y asesinatos de prisioneros de guerra. La Oficina Central de las SS de Colonización y de la Raza elaboraba planes para la germanización de las regiones ocupadas siguiendo las consignas y principios racistas del partido nazi, llegando, en casos de represalia, a exterminar pueblos enteros, como en Lidice u Oradour. La matanza de judíos polacos, rusos y yugoslavos, los pueblos mártires de esta guerra, alcanza cifras inverosímiles y constituye una de las infamias más espeluznantes de la historia de la humanidad: 2.800.000

polacos, 1.500.000 rusos y 55.000 yugoslavos (sobre una población de sólo 75.000 judíos yugoslavos en septiembre de 1939) fueron exterminados, sin contar los de Rumania, Hungría, Checoslovaquia, Francia, etc. Un grupo especial dentro del Mando Supremo de las SS evacuaba a los judíos de los países sometidos a las potencias del Eje y los aniquilaba en los campos de concentración utilizando métodos diversos. El asesinato masivo de los judíos del ghetto de Varsovia se realizó según instrucciones del SS-Brigadeführer y el General Mayor de Policía Stroop; es decir: el Mando Supremo alemán siempre tuvo conocimiento del exterminio de judíos y prisioneros de guerra rusos, polacos y de otros países. También conocía estos hechos, y en gran medida, según se demostró al finalizar la guerra, el mismo pueblo alemán, especialmente los que vivían en las proximidades de los campos de concentración.

Auschwitz, Buchenwald, Dachau, Flossenbürg, Gross Rosen, Lublin, Mauthausen, Neuengamme, Ravensbrück, Stutthof y otros muchos campos de exterminio sembraron el luto en Europa, convirtieron a Alemania y a los países ocupados por el fascismo en un inmenso cementerio. La persecución de los judíos se remonta al principio de los años treinta, cuando el partido nazi subió al poder, pero las torturas, los experimentos en seres humanos y la «solución definitiva del problema judío» (el mayor genocidio que conoce la Historia, probablemente junto con el del Gulag) alcanzaron su expresión más sangrienta durante los seis años de guerra. Fusilados, ahorcados, sepultados vivos, apaleados, baleados, decapitados. Y mil formas de humillación: mujeres destinadas a la prostitución en los campos, esterilizadas, desnudadas a cientos para morir apretujadas en las cámaras de gas, en medio de sus propios orines y excrementos. Todos los sistemas de tortura y humillación, toda clase de muertes. La cámara de gas, el horno crematorio, la inyección de virus, las píldoras de cianuro, o simplemente dejar morir de hambre a miles (viejos, niños y enfermos no aptos para el trabajo), por inanición, por gangrena, por agotamiento.

Himmler, en una serie de discursos pronunciados en 1943, manifestaba su orgullo ante la eficiencia de las SS para ejecutar estos actos criminales, y arengaba a sus hombres para que fuesen «tenaces e implacables». Al hablar de los fusilamientos de «miles de dirigentes» polacos agradecía la entereza y la impasibilidad de las SS ante los cientos y miles de cadáveres que se veían obligados a contemplar después de cada matanza. Propuso exterminar sin contemplaciones a toda la raza judía y a esta operación la llamó «un despiojamiento». Himmler fue la cabeza visible y fanática, el conductor de esta inmensa ignominia criminal, pero otros nombres merecen igualmente un puesto en el pedestal del horror nazi: Eichmann, Frank, Julius Streicher con su semanario *Der Stürmer*, Heydrich, Müller, el ideólogo Rosenberg y, por supuesto, el propio Adolf Hitler. Sin contar los prisioneros de guerra asesinados, los judíos exterminados durante el poder nazi, que se calculan en más de seis millones, según palabras del propio Himmler.

De este horror hace apenas 60 años. Ayer mismo.

LOS FRENTES JUVENILES DE EUROPA Y LOS PARTISANOS

A partir de 1940, en todos los países europeos ocupados por las fuerzas del Eje empezó a proliferar una muchachada adusta y arrogante que, adoctrinada por el fascismo, gustaba de desfilar con sus camisas de cuello desabrochado y mangas remangadas; pechugones, altivos, con puñales al cinto, banderas desplegadas e himnos triunfalistas, eran (hoy la juventud de casi todo el mundo ya lo sabe) un producto más de un sistema político que para subsistir necesitaba ganar una guerra que iba a convertirse en mundial. Era y sigue siendo el ejemplo máximo de cómo un régimen autoritario y nefasto puede, a pesar de ello, seducir a la juventud con sólo ofrecerle eso que le es imprescindible a toda juventud: un estilo.

Estos chicos fueron, sin saberlo, los felices abanderados de un mañana de horror y de miseria. Con sus blancas sonrisas y sus serenatas de acordeón o armónica bajo un almendro en flor, con sus exhibiciones públicas de fuerza y destreza, las danzas de las rubias y arias muchachas sobre la verde hierba, bajo el más puro cielo azul en Agfacolor, con sus dulces canciones en torno al fuego nocturno de los campamentos, no eran sino carne de cañón. Podemos verles todavía, en estas fotos, con el tórax desnudo y tostado por el sol, cantando *Yo tenía un camarada* al regresar de maniobras con picos y palas al hombro, por caminos polvorientos o floridas campiñas; o bien, vestidos severamente de gala (camisas negras, camisas pardas, camisas azules) y en posición de firmes, dejándose revistar orgullosamente por cualquier figurón que encarnaba entonces las llamadas virtudes castrenses del Reich o del Fascio; o trabajando en Escuelas y Talleres de armamentos, o escuchando muy atentos, en noble camaradería, las explicaciones de un oficial de las SS sobre el mecanismo y uso de una pistola o de una ametralladora. Hay que defender a Europa, les decían, hay que prepararse ante cualquier agresión de los enemigos de la patria. En realidad, lo que a los chicos les encantaba era la idea de «mando» que subyacía en toda actividad o manifestación nazi, su aire exhibicionista y viril, divertido, saberse un poco en el Poder, y sobre todo, el hecho de que se les tuviera en cuenta.

Quizá ya es un poco tarde para hacerse reflexiones sobre el monstruoso crimen que se cometió con ellos. Sabido es que con la juventud se puede hacer todo, cualquier cosa; que su imperiosa necesidad de seducir y dejarse seducir la predispone periódicamente al llamado de cualquier loca aventura. Los grandes ideales, las grandes frases y las grandes obras han sido siempre y siguen siendo los vistosos afeites y disfraces con que se ha encandilado a la juventud en esa fase de crecimiento receptiva, amoldable. El fascismo, con su gran aparato externo de inmensas concentraciones deportivas y culturales, con su patrioterismo elemental y guiñolesco, su bombo y platillo y pendoneo, conquistó grandes masas de la juventud, y su estilo había de influir no sólo en las mentalidades, sino en el vestir, en el lenguaje, en la amistad, en la moral y hasta en la coquetería de las muchachas. Los chicos de muchos países suspiraban por una camisa negra, un puñal en el cinto o unas botas claveteadas. Nadie les explicó que detrás de toda esa fanfarria sólo había el horror y la muerte; los himnos eran una mezcla sutil de sentimentalismo y de arrogante estupidez; la vida al aire libre, su aparente armonía con la Naturaleza y el culto al cuerpo sólo eran la tapadera de un lavado de cerebro que les convertía en la última y más inocente carne de cañón en reserva del Tercer Reich.

Cuando el curso de la guerra empezaba ya a minar las esperanzas de victoria alemana, estos chicos aún estaban en posición de firmes, y entonces se les arrojó un fusil al pecho y se les envió a posiciones de defensa civil. De la noche a la mañana, aquella arrogancia avasalladora de los rubios e imberbes Escuadrones Juveniles se trocó en humillante servidumbre hacia algo que no comprendían. Los principios morales, la ideología triunfalista que se les había inculcado fueron quedando en jirones en los campos de batalla, en las ciudades arrasadas por las bombas, en las familias descalabradas por el hambre, la desesperación y la muerte. El llanto de los huérfanos presidió lo que debió haber sido la Nueva Familia Europea que preconizó el Tercer Reich. Muchos de aquellos chicos, flor artificial de un deseo de imperio, fueron luego soldados que un día murieron ignorados bocabajo sobre la nieve y el barro del frente del Este, o con los ojos abiertos bajo el mismo cielo azul que años antes habían cantado.

Frente a ellos había otra juventud europea que también fue arrastrada a jugarse la piel, si bien por convicciones bien distintas: la que nutrió las filas de los partisanos. En Rusia, Yugoslavia, Checoslovaquia, Rumania, Francia, Polonia, Italia y otros países que sufrían regímenes nazis, las guerrillas de partisanos desplegaron una vasta y profunda actividad en sabotajes, atentados y ataques por sorpresa, creando serias dificultades a las autoridades y a las tropas del Reich y ayudando así decisivamente a la victoria aliada final. Como represalia frente a la acción de estos patriotas, que en algunos países llegaron a constituirse en verdaderos ejércitos, los alemanes solían pasar por las armas a hombres y niños de poblaciones enteras.

Y es curioso y significativo que muchos de estos aguerridos partisanos resultaran ser, con unos años más, aquellos mismos vanidosos y felices jovenzuelos que en el apogeo del fascismo componían las pintureras filas de las Juventudes Hitlerianas alemanas o de Los Hijos de la Loba italianos. La guerra acabó de revelarles la verdadera cara del fascismo. Para los demás, para los que no supieron o no pudieron reaccionar, el trauma fue espantoso. En los últimos tiempos de la guerra fueron prácticamente empujados a los frentes de batalla junto con los ancianos (la otra infancia de la vida) a morir unos y otros por algo en lo que ya no creían, que prácticamente habían olvidado.

Casi sesenta años han pasado, y la inquieta juventud actual de todo el mundo se distingue por su público desprecio por las guerras, por su pacifismo y su desdén por cualquier forma de Poder avasallador y grandilocuente. Usan guerreras casacas de otrora, o viejas chaquetillas de húsares, desprovistas de galones o medallas, para vagabundear o para hacer el amor. Sin embargo, la juventud nunca dejará de ser seducible y seductora: hoy mismo ¿se puede realmente afirmar que ninguna clase de «poder» se aprovecha de esta doble y hermosa condición?

LA LITERATURA, LA CANCIÓN, LOS DEPORTES, EL TEBEO

Una rápida ojeada a la lista de autores más leídos en España en los cuarenta revela que «no son todos los que están ni están todos los que son». Vicki Baum con *Shanghai Hotel*, Lajos Zilahy con *Algo flota sobre el agua*, Louis Bromfield con *Vinieron las lluvias*, Stefan Zweig con *Amok* y *24 horas de la vida de una mujer*, M. van der Meersch con *Cuerpos y almas*, Rand con *Los que vivimos* y Somerset Maugham con *Servidumbre humana* y *El filo de la navaja* fueron autores de éxito multitudinario durante la guerra y sobre todo después. También Cecil Roberts y Pearl S. Buck. Era el gran momento de la «novela mundana», con personajes exquisitos, grandes conversadores y grandes viajeros, educados, literarios, «inolvidables». Ciertos autores, como Somerset Maugham, dejarían algunos cuentos espléndidos y alguna buena novela, pero la mayoría no resistirá el paso del tiempo. *La piel* y *Kaputt* proporcionaron rápida fama a Curzio Malaparte, pero su delirante peripecia política (saltaba del frente fascista al democrático con gran facilidad) le mostraría al mundo como un consumado farsante con indudables dotes narrativas. Mientras tanto, otros autores, si no más leídos, sí más importantes, ofrecían testimonio de los problemas de su tiempo: Sartre con *Los caminos de la libertad*, *La náusea*; Camus con *El extranjero* y *La peste*; Malraux con *La condición humana* y *L'espoir*; Bertolt Brecht con *Galileo Galilei*, *Terror y miseria del Tercer Reich* y *El círculo de tiza caucasiano*; las obras de Carson McCullers, Aragon, Bellow, Beckett, Genet, etc. Más difundidos en España fueron Thomas Mann, Graham Greene, Steinbeck, Faulkner, Hemingway. Pero la confusión, la inversión de valores (no achacable a la guerra mundial, en ese caso, sino a una política editorial, determinada por el momento) fue lo más característico. Por otra parte, la década registró la muerte de Saint-Exupéry (1944, muerto en combate), Stefan Zweig (1942, suicidio), Isaac Babel (1941, víctima del estalinismo), Miguel Hernández (1942, enfermo en la cárcel y víctima del franquismo) y Bernard Shaw (1950).

Lo que más se leía en España era sin duda *El Coyote*, la famosa serie de aventuras de J. Mallorquí. En la hora del racionamiento, del estraperlo y las depresiones vitales, don César de Echagüe era, además de divertido, la sólida economía casera, el buen sentido administrativo, y esto les convenía a los españoles de los cuarenta. El antifaz del *Coyote* no era un simple elemento estético en aquellos años de heridas aún abiertas y de mal reprimidos enconos. Quizá por eso *El Coyote* batió todos los récords de venta.

La canción de los cuarenta no ha sido superada y sus intérpretes tampoco. *Tatuaje*, de Conchita Piquer, con su «marinero alto y rubio como la cerveza» que llegó en un barco de nombre extranjero, entretenía a la mujer española en las largas colas de abastos. Las chicas Topolino tarareaban *Perfidia* y *Dos gardenias para ti*. El mundo, estremecido aún por la guerra, bailaba muy «agarrao» y al son de las orquestas de Bernard Hilda y de Glenn Miller. Nació el «Boogie-boogie», el *Hot* y el *Mambo*, y Rina Celi pregonaba *Es tarde de fútbol*. De Francia llegaban ya bebedizos vientos existencialistas, pero eran Charles Trenet, Edith Piaf, Line Renaud y Jaqueline François los famosos, cuando Tino Rossi aún no se resignaba ni mucho menos al olvido. *Siguiendo mi camino*, decía Bing Crosby, y Frank Sinatra se revelaba como el número 1 indiscutible. Éxitos del cine: *Siempre está en mi corazón*, cantada por Raúl Abril, *Muñequita linda* (de *Escuela de sirenas*), *Amado mío* (de *Gilda*), etc. En ningún programa de discos solicitados faltaba *Angelitos negros* de Antonio Machín, que fue, a su modo, la gran canción *protesta* de los cuarenta en favor de los negros. En cuanto a la guerra, planeó sobre ella una canción nostálgica y bella: *Lili Marleen*.

El tebeo ofrecía a los chicos ecos de una violencia que de algún modo habían mamado. Fue el gran momento del «cómic», cuando se llamaba tebeo y ningún teórico del arte *pop* lo había maleado con tantas significaciones erótico-socio-económicas como abundan hoy. Se leía *Flash Gordon*, *El Hombre Enmascarado*, *Merlín*, *Jorge y Fernando*, *Juan Centella*, *El Guerrero del Antifaz*, *Roberto Alcázar y Pedrín*, *Cuto*, *El Aventurero*, *Monito y Fifí*. Las niñas coleccionaban *Florita* y *Chicas*, y al principio de la década tuvo gran aceptación *Flechas y Pelayos*. En deportes, muchas competiciones clásicas fueron interrumpidas durante toda la guerra. Por supuesto, los regímenes nazi y fascista fomentaron la práctica del deporte, pero con efectos exhibicionistas más que otra cosa. En 1948 se celebraron los Juegos Olímpicos de Londres, donde cayeron no pocos récords pese a que el mundo estaba aún exhausto y dolido. En Brasil, en 1950, los Campeonatos del Mundo de Fútbol. Ganó Uruguay y España se clasificó en cuarto lugar. En este torneo el ariete bilbaíno Zarra, que para la prensa deportiva encarnaba a la «furia española», marcó un gol a Inglaterra que levantó oleadas de entusiasmo en España, un fervor patriótico, un clamor que quizá no se oía desde antes de la guerra civil.

Grandes figuras del deporte empezaban ya a entrar en la leyenda: el fabuloso Joe Louis, campeón mundial de boxeo, llamado el «Bombardero de Detroit», logró el título mundial del peso máximo en 1937 y se retiró del cuadrilátero en 1949 como campeón imbatido, habiendo defendido su título en 25 ocasiones. Un historial que nadie igualaría. Las carreteras de Europa, todavía con cicatrices, presenciaron el espectacular y rítmico pedaleo del campeonísimo Fausto Coppi, uno de los ciclistas más grandes de todos los tiempos. Miguel Poblet, el *sprinter* español, se apuntaba sus primeros éxitos internacionales. Dos notas luctuosas para el deporte de la década: la trágica muerte de Marcel Cerdan, el extraordinario boxeador francés, y la desaparición del equipo completo del Torino F. C., en ambos casos debido a accidentes de aviación. Una figura popular fue Arturito Pomar, el niño prodigio del ajedrez. Y Manuel Rodríguez «Manolete» y Carlos Arruza acapararon el entusiasmo de los aficionados al toreo con sus famosos «mano a mano» en corridas en las que a veces terciaba el joven y ya arrogante Luis Miguel «Dominguín». Precisamente Dominguín formaba la terna de diestros con Manolete (el otro era Gitanillo de Triana) la tarde del 28 de agosto de 1947 en que el torero cordobés fue cogido por el toro *Islero*, de la ganadería de Miura, en la plaza de Linares. Manolete falleció en la madrugada del día siguiente, y su muerte fue, posiblemente, el impacto más sensible que acusó un país que aún meditaba sobre el desastre de su propia guerra y su larga posguerra.

JUNTOS HASTA LA MUERTE

Últimos días del mes de abril de 1945. El hundimiento del imperio de la cruz gamada está próximo. Salvado el paso del Rin por las tropas aliadas al mando de Patton y Montgomery, Alemania lleva ya un mes agonizando. Los rusos han entrado en Berlín impetuosamente y con sed de venganza, y la capital del Reich ofrece un dantesco espectáculo de llamas, ruinas y cadáveres. La artillería soviética tira contra la Cancillería, cuyos subterráneos se llenan de profundas resonancias de mausoleo. Encerrado en el búnker, Hitler contrae matrimonio con Eva Braun, su fiel compañera. Asisten como testigos Goebbels y Bormann. Luego el Führer se encierra a solas con su secretaria Frau Junge y dicta su testamento político, en el que, una vez más, niega haber querido la guerra; hace responsables de su fracaso a Goering y a Himmler, calificándoles de traidores y cobardes; nombra al almirante Doenitz sucesor suyo; a Goebbels, canciller; a Seyss-Inquart, ministro de Asuntos Exteriores; a Bormann, jefe del Partido Nacionalsocialista, y a Schoerner, comandante supremo de la Wehrmacht. Nada para Von Ribbentrop, Speer, Keitel y otros fieles servidores de los días de esplendor y victorias. Su última voluntad está impregnada de odio: exige que el pueblo alemán acabe de una vez por siempre con «esos envenenadores de las naciones, los judíos». En su testamento privado, Hitler explica las razones de su matrimonio con Eva y el mutuo deseo de morir juntos: «Queremos que nuestros cuerpos sean inmediatamente quemados en el lugar donde, durante doce años, he cumplido la mayor parte de mi esfuerzo al servicio de mi pueblo.» Goebbels, encargado de transcribir el doble testamento, le añade un apéndice en el que rehúsa obedecer a Hitler y abandonar Berlín para formar nuevo gobierno. Prefiere permanecer junto a su Führer y suicidarse él también, cosa que hará, arrastrando consigo a la muerte a su mujer y a sus seis hijos. Mientras tanto, arriba prosigue el avance ruso por las calles martirizadas de Berlín, en dirección al Reichstag.

Al anochecer del 29 de abril, Hitler se despide de sus secretarias, su cocinera vegetariana y sus asistentes, entregándoles un poco de veneno. La ceremonia previa al suicidio del Führer revistió una extraña solemnidad: al igual que en las lujosas residencias de los nazis de alto rango, que dedicaban la última noche al champaña que aún quedaba de las conquistas perdidas, a los discursos grandilocuentes y al amor, en el búnker de la Cancillería esa noche se cantó, se bebió y se amó a los sones del *Horst Wessel Lied.* Y amaneció el nuevo día sobre la batalla de Berlín, y a las 14.25, cuando los sargentos Yegorov y Kantarinya desplegaban la bandera roja en la cúpula del Reichstag en ruinas, Hitler ordenaba a su chófer Eric Kempka que dispusiera en el jardín de la Cancillería los 180 litros de gasolina que debían servir para carbonizar su cuerpo y el de Eva Braun. Aún fue capaz de almorzar, el Führer. Solo. Poco después se reunió con Eva y juntos pasaron en silencio ante Goebbels, Bormann, Krebs, Burgdorf, Naumann, Hewel, Voss y algunos subalternos y secretarias. Según los testimonios, nadie habló: sólo apretones de mano. Las tropas soviéticas, en ese momento, estaban a menos de 100 metros del búnker.

Después de que Hitler y su compañera se encerraron en su apartamento, se oyó una detonación. Hitler se disparó un tiro en la boca. Eva Braun ingirió veneno. Eran las 15.30 del 30 de abril. La mente suprema del Tercer Reich, la más ambiciosa, enfermiza y nefasta de toda la primera mitad del siglo XX, se había parado.

Se ignora si el Führer tuvo tiempo de conocer el triste fin de su camarada Benito Mussolini. Los últimos y dramáticos días de su vida el Duce los pasó también, como Hitler, en compañía de su amante y fiel admiradora, la joven Clara Petacci. Al igual que Eva, Clara no dudaría en afrontar la muerte junto a su hombre, confortándole con su cariño en las terribles horas finales. Camuflado bajo un capote alemán y un casco, con una ametralladora entre las rodillas y acurrucado con su compañera bajo la cúpula de acero de un carro de combate, el 26 de abril Mussolini huye con un convoy hacia la frontera suiza pasando por Como. Pero cerca de una aldea llamada Musso los partisanos tienden una emboscada al convoy y el Duce es descubierto, temblando de frío y de miedo bajo su disfraz, siendo conducido a la pequeña ciudad de Dongo y luego a la aldea de Azzano. Con lágrimas en los ojos, Claretta Petacci suplica la dejen ir con él, a lo cual acceden los partisanos. Custodiados en una casa de campesinos próxima a Azzano, Benito y Clara pasan juntos su última noche.

Al día siguiente, a las 4 de la tarde, el coronel Valerio (nombre que Walter Audisio tomó en la resistencia) ordenó a Mussolini y a Claretta subir a un coche y emprendieron la marcha hacia la aldea. Iban dos o tres partisanos de escolta, además del chófer Geminazza. Frente a una villa rodeada de una verja, el Duce y su amante fueron apeados, y en el muro donde hoy una cruz señala el lugar exacto, con dos ráfagas de ametralladora, de derecha a izquierda y de arriba a abajo, el Duce fue fulminado. Claretta murió con él, intentando, según la versión de los testigos, protegerle de las balas con su cuerpo.

Junto con los cuerpos de los 15 fascistas ajusticiados en Dongo, Benito Mussolini y Clara Petacci fueron llevados en un camión a Milán y colgados por los pies en el Piazzale Loreto, donde la multitud enardecida, en parte la misma que tantas veces había aclamado al Duce vivo, gesticulante y fachendoso, se ensañó con su cadáver, lo golpeó, escupió, desfiguró y acribilló a balas.

Triste fin de una triste historia. Con tres días de diferencia, casi juntos —tantas cosas grandes se habían propuesto hacer juntos— Adolf Hitler y Benito Mussolini pasaron a la Historia.

EL TRONO EN PELIGRO

El cataclismo de la guerra hizo tambalear no sólo las cancillerías de Europa sino también las seculares coronas y los cetros reales de tres continentes. Algunos monarcas perderían definitivamente el trono, otros se verían restaurados en él después de largo exilio y complicadas intrigas. Muchas de las figuras que hoy acaparan las páginas de las revistas frívolas de todo el mundo con sus frecuentes viajes en avión, sus yates de recreo y sus hijos, sus suntuosas villas en el exilio y sus fabulosas vacaciones estivales e invernales, entonces eran niños que jugaban con soldaditos de plomo, eran principitos herederos de imagen enternecedora e inocente en la prensa diaria, en medio del terrible vendaval de la guerra o del exilio: Balduino de Bélgica, Constantino de Grecia, Faisal II de Irak, Simeón de Bulgaria, Isabel de Inglaterra, Juan Carlos de España, etc.

El destino de algunos ha sido triste y azaroso. Las viejas monarquías europeas, brutalmente obligadas desde 1939 a pactar con —o a luchar contra— el poderoso invasor fascista en condiciones particularmente duras para el pueblo, no supieron en muchos casos mantenerse a la altura de las circunstancias. La indecisión, el miedo o la incompetencia se instaló en los palacios. En este sentido, y en cierto modo, el Nuevo Orden europeo preconizado por el Eje fue un hecho: en algunos palacios se instaló definitivamente cuando, al finalizar la guerra en 1945, ciertos pueblos proclamaron la República y se constituyeron en países socialistas. Tal fue el caso de Yugoslavia, Bulgaria, Rumania, Hungría y otras naciones donde el poder pasó a manos de los comunistas. Algunos pueblos no ocultaron la decepción que les produjo su monarca en el cómodo y seguro exilio, o colaborando con el invasor, mientras tantos ciudadanos defendían la dignidad nacional jugándose la vida en las filas de la Resistencia.

Pero, naturalmente, la causa de que estos reyes no recuperaran su trono después del exilio no fue sólo eso; también se debió a que los combatientes comunistas (el caso más representativo es el de Tito en Yugoslavia), en su avance recuperando el país ocupado por los alemanes, establecían sobre la marcha un poder ganado a fuerza de orgullo y coraje, un poder que no estaban dispuestos a entregar a nadie. Cabría aquí decir, parangonando lo de Sevilla: quien va al exilio, pierde su silla.

No pocos dramas reales acapararon durante mucho tiempo la atención mundial, como el del rey Leopoldo III de Bélgica. Ocupado su país por los alemanes, el rey y su familia, después de grandes vicisitudes, pudieron organizar su vida de exilio a orillas del lago Leman, en Suiza. Terminó la guerra en 1945, pero no pudieron regresar a Bélgica hasta 1950. El príncipe heredero Balduino había cumplido ya 19 años y Leopoldo III no tardaría en abdicar en su favor. La sombra delicada de la bellísima reina Astrid, muerta trágicamente en accidente de automóvil en los años treinta, presidió melancólicamente el exilio de la familia real belga.

Otro caso sonado fue el del emperador Haile Selassie, uno de los primeros en sufrir exilio al ser Etiopía anexionada a la Italia de Mussolini. Desde entonces solía aparecer la imagen ascética del emperador en las portadas de las revistas, rodeado siempre de sus hermosos dálmatas, soportando con una dignidad severa la tristeza del destierro. Gracias a los aliados consiguió recuperar el trono antes de finalizar la guerra, cuando ya la Italia fascista se había desmoronado en África.

En cuanto a la sólida monarquía británica, escudada tras las anchas espaldas de sir Winston Churchill, pasó realmente por momentos de angustia pero se ahorró el espectáculo de ver a Inglaterra invadida. Quizá el momento de mayor peligro para el trono de Su Majestad fue la caída de un obús nazi en los jardines de Buckingham. En noviembre de 1947, la princesa Isabel, heredera del trono, casó con Felipe de Mountbatten. Por su parte, los duques de Windsor, esa dorada pareja del bien vivir que supo entronizar su amor en el lugar de sus deberes, después de haber gobernado las Bahamas en nombre de Su Majestad iniciaban ya definitivamente su cegato peregrinaje por el mundo envueltos en pieles carísimas y lujosos perritos de estirpe casi real.

Queda una larga lista de prestigiosos y soleados nombres, muchos de los cuales siguen siendo alimento diario de nuestras adoratrices de revistas femeninas, y que nutrieron la crónica político-sentimental de los años cuarenta: Carol II de Rumania y su escandaloso divorcio de la reina Elena; su hijo el rey Miguel, hoy en el exilio y trabajando (o casi) como un ciudadano cualquiera; el rey Boris III de Bulgaria y su hijo Simeón II, que le sucedió en el trono a los seis años para perderlo al acabar la guerra, y que hoy vive en la villa y corte de Madrid, casado con una española;[1] el rey Haakon VII de Noruega; Víctor Manuel III, rey de Italia, Albania y emperador de Abisinia por «real» designio del Duce; el rey Pablo de Grecia, con la entonces princesa Federica y el pequeño Constantino; Guillermina de Holanda y la princesa Juliana; Gustavo de Suecia, Pedro II de Yugoslavia, Cristián X de Dinamarca, Faruk de Egipto, el Sha de Persia, entonces casado con una hermana de Faruk, y en fin, el Aga Khan con sus novelescas bodas, sus mujeres y sus caballos, etc.

1. Ya no: ha vuelto a Bulgaria, como político electo, no como rey.

BAJO EL SIGNO DEL PIOJO VERDE (CRÓNICA FAMILIAR)

Que no me quiero enterar,
no me lo cuentes vecina,
prefiero vivir soñando
que conocer la verdad.

(Canción interpretada
por CONCHITA PIQUER)

El hogar del español medio, al iniciarse la década de los cuarenta, en la posguerra, tenía un invitado intempestivo y quisquilloso: el Piojo Verde. Este personaje casi de leyenda parecía vivir a sus anchas en aquel triste mundo de restricciones de luz eléctrica, de cartillas de racionamiento, de periódicos abiertos por las páginas del fútbol, de coches con gasógeno, colas, pan negro, azúcar amarillo, boniatos y chocolate terroso. Para proteger a sus hijos de él, las madres pobres colgaban extraños escapularios entre pecho y camisa de los niños, eran bolitas de alcanfor sujetas a un cordón. En invierno se veían muchas bufandas, muchos y pesados abrigos hasta los pies, muchos braseros y humeantes estufas de leña; las mujeres llevaban gruesos calcetines (a veces dos pares) sobre las medias, y los hombres, en las magras carteras, la cartilla de racionamiento de tabaco.

El Piojo Verde y el bacilo de Koch se aliaron en la posguerra para aumentar aún más las angustias del pueblo. La chiquillería incontrolada hablaba en la calle de los tuberculosos como de seres siniestros y fantasmales, como de vampiros que secuestraban y mataban a los niños para beber su sangre. Se hablaba de desaparecidos, de detenidos, de jóvenes viudas enlutadas que, cansadas de esperar al marido desaparecido en el frente, escapaban de casa con sus amantes. En algunas calles de las grandes ciudades había hombres derrotados, de un color de ala de mosca, y en las esquinas el estraperlo de barras de pan y la prostitución se hacía a pecho descubierto.

Jadeantes, quemada la piel no sólo por el sol despiadado de la guerra sufrida sino también por el duro trabajo cotidiano, campesinos y obreros emigrados del sur invadían barrios del extrarradio y levantaban con sus manos el nuevo hogar. Sus hijos, los terribles *trinxes* (golfos) de los años cuarenta, jugaban con pólvora y detonantes de balas encontrados en descampados, organizaban espantosas guerras de piedras y se deslizaban por las calles asfaltadas sentados en veloces e infernales carritos de cojinetes a bolas construidos por ellos mismos. Los aprendices de taller viajaban colgados en los enganches de los tranvías. Rondaban los espesos cines de barrio (*El diabólico Dr. Satán*, *El capitán Maravillas*), las tabernas, los billares, los quioscos de tebeos. En cierta época del año tenían sus propios puestos de tebeos en las aceras, extendidos y sujetos con piedras, y se intercambiaban y vendían el *Juan Centella*, el *Hombre Enmascarado* o el *Flash Gordon*.

Mientras, los padres, los hombres y mujeres de esa España que había hecho la guerra civil, escuchaba en sus casas el «Diario hablado» de Radio Nacional, el «Ta-ra-rí», los primeros partidos de fútbol radiados por Matías Prats, el hombre que había de restituir una épica al país, el serial radiofónico de Losada o el «Taxi-Key», la canción *Tatuaje* o el *Rascayú*. En las sobremesas del domingo, sin café o con sucedáneos, se hablaba de si Hitler era un loco, si Eva Perón venía con trigo, si el «No-Do» era una birria, si Zamora y Manolete, de derechas, si Pau Casals, de izquierdas... En el fondo, en todos los hogares humildes, lo único que importaba era ver de comer mañana. No había otra ventana al exterior que la radio. El Piojo Verde acechaba en todas partes, su imperio se consolidaba; empezaban a llenarse hasta los topes los campos de fútbol, las plazas de toros y las iglesias aún chamuscadas. Con imperial porfía, con patética generosidad el «No-Do» decía en los cines: «El mundo entero al alcance de todos los españoles.» Pero el cine no tardaría, a pesar de las «españoladas» como complemento de programa, en sentar las bases de una nueva mitología de emergencia, provisional, parcialmente truncada en 1945: porque no había de quedar de la Ufa ni el recuerdo de los fieles compinches de los días de gloria en Agfacolor; quedaría el Clark Gable, la Bette Davis, el Gary Cooper... y el Miguel Ligero.

La juventud nombró sus abanderados: la Chica Topolino y el Niño Hot. Aturdida aún pero ansiosa de vivir de acuerdo con el eslogan del «No-Do», esta juventud traía al hogar ecos de tristes amores de fábrica y taller, de compañeros de trabajo que enfermaban, de tardes domingueras en abarrotadas salas de baile, ellos siempre con su airoso «arriba España» en las bien peinadas cabezas llenas de brillantina, ellas con sus monederos de plexiglás y sus zapatos topolino, después de haber bailado juntos en los famosos «Concursos de Boogie» que radiaba el popular locutor Gerardo Esteban. Pero la realidad no acababa de conformarse con la promesa. La calle era una prolongación del hogar, pero con nuevos ricos y enchufados. Se veía rodar orgullosamente al coche nacional Eucort, la «rubia». En el colegio, los niños escribían a los soldados de la División Azul, que luchaban en Rusia, y les enviaban dibujos y «aguinaldos» a través de la Sección Femenina. En las esquinas abundaba el estampillado del Yugo y las Flechas con las efigies de Franco y de José Antonio. Existían el Auxilio Social, y los Campamentos Juveniles. Y mientras, en sus casas, manejando los cupones de abastos y las tijeras, las sufridas madres soñaban con un mañana mejor. Un mañana que muchas de ellas no conseguirían ver.

LA HORA DE AJUSTAR CUENTAS (NUREMBERG Y OTROS PROCESOS)

20 de noviembre de 1945: los derrocados dioses del Tercer Reich, en el banquillo de los acusados del Palacio de Justicia de Nuremberg, van a ser juzgados como criminales de guerra. Son las diez de la mañana. La sala está repleta. El Tribunal Militar Internacional, constituido por jueces británicos, norteamericanos, franceses y soviéticos, lo preside el juez Robert H. Jackson, miembro del Tribunal Supremo de Estados Unidos. Por vez primera en la Historia, los vencedores de una guerra procesan a sus vencidos.

La lista de cargos contra los criminales de guerra era extensa y compleja. Apenas cuatro meses antes, el 6 de agosto de 1945, los norteamericanos habían arrojado la primera bomba atómica sobre Hiroshima; pero los bombardeos de ciudades no figuraban entre los actos criminales que iban a ser sancionados por el Tribunal Militar Internacional...

De los 22 procesados en Nuremberg, el designado con el número 1, mariscal Hermann Goering, es el principal acusado, la *vedette* indiscutible a falta de Hitler. Goering había sido detenido por los aliados el 22 de junio de 1945, poco después de finalizar la guerra. Rudolf Hess era prisionero de los británicos desde su vuelo a Escocia en mayo de 1941. Franz von Papen había sido apresado por los norteamericanos en Westfalia un mes antes de la capitulación. En cuanto a los demás acusados, estaban en manos de los aliados desde mayo, el mes de la capitulación; eran Fritzsche, Schacht, Frick, Frank, Von Neurath, Seyss-Inquart, Funk, Keitel, Kaltenbrunner, Rosenberg, Krupp, Doenitz, Jodl, Speer, Sauckel, Streicher, Von Ribbentrop, Raeder, Von Schirach y el doctor Ley. Este último se ahorcó en su celda un mes antes de empezar el proceso. Por su parte, Alfred Krupp, el hombre cuyas fábricas de armamento sirvieron fielmente durante años a las ansias expansionistas y bélicas del gran Reich, fue procesado por los norteamericanos más tarde, en 1948: condenado a 12 años de prisión, pronto fue perdonado.

Hitler, Himmler y Goebbels fueron los grandes ausentes de Nuremberg. Se evadieron por medio del suicidio. En cuanto a Martin Bormann, cuyo paradero todavía hoy se ignora, suponiendo que esté vivo, fue juzgado en ausencia y condenado a muerte.

El 30 de septiembre de 1946, tras 216 días de laboriosas sesiones, se pronunció el veredicto contra los principales criminales de guerra supervivientes del gran Reich alemán: 12 penas de muerte en la horca, 3 condenas de prisión perpetua, 4 penas de 10 a 20 años de cárcel y 3 absoluciones.

Goering escapó a la horca envenenándose en su celda poco después de conocer el veredicto. Nunca se supo cómo le fue proporcionado el veneno, ni quién lo hizo. Los demás fueron ejecutados la noche del 15 al 16 de octubre de 1946. De los condenados a prisión, sólo uno permanece todavía sufriendo condena en Spandau: Rudolf Hess, el que fuera lugarteniente del Führer.[1] El último reducto de las cenizas del fuego nazi... El mundo se pregunta todavía: ¿puede revivir este fuego destructor, esta pesadilla? Es poco probable. Pero resulta aterrador pensar que *no fue una pesadilla*.

No sólo en Nuremberg se hizo justicia (o casi: los jueces se dejaron Dresde e Hiroshima en el tintero, y otras cosas). La hecatombe que la derrota alemana significó para jefes y jefecillos nazis, militares y civiles, colaboracionistas y simpatizantes del fascismo, produjo en toda Europa una ola de suicidios en cadena. El ejemplo del Führer cundió. Todo estaba perdido ante los hombres y ante la Historia y

1. Hess murió en la cárcel de Spandau en 1987.

preferían la muerte al rigor de la justicia. Hubo también otros procesos famosos, como el del mariscal Pétain (condenado a cadena perpetua) y el de Pierre Laval (condenado y ejecutado, después de su frustrado intento de suicidio), acusados de colaborar con el Reich al frente del Gobierno pronazi de Vichy, durante la ocupación alemana de Francia; el del sacerdote nazi doctor Tiso (condenado y ejecutado) presidente de la República eslovaca, culpable también de colaboracionismo.

La caza de responsabilidades en todos los niveles político-sociales (no sólo en el de la guerra, sino en el de las ideologías, en esa sutil tela de araña que había sido el fascismo en el poder) se prolongó mucho tiempo acarreando el definitivo desprestigio de los germanófilos —los cuales, todo hay que decirlo, encajaron muy bien el golpe: todavía muchos no han dado su brazo a torcer.

EL MILENIO DE PAZ

Según Hitler, el Tercer Reich debía ser milenario. Prometió a Europa, en uno de sus discursos, un milenio de paz a condición de dominar el mundo eslavo, esa «raza inferior» al superhombre ario. Pero aquel arrogante *Drag nach Osten* (empujón hacia Oriente), que empezó con la brutal invasión de Polonia el 1 de septiembre de 1939, había de terminar casi seis años después con la entrada victoriosa, precisamente, de los eslavos —los rusos— en la capital del Reich.

El macabro balance de semejante desatino arrojó un saldo de cincuenta y cinco millones de muertos y tal sinfín de calamidades que el Führer, de haber conservado la vida para verlo, posiblemente se habría visto empujado a un nuevo suicidio: en el Berlín derrotado y ocupado por la «raza inferior», hombres de la «raza superior» recogían las colillas que tiraban las tropas rusas, mientras rubias mujeres arias se vendían a hombres negros de las fuerzas aliadas por unos botes de leche, unas tabletas de chocolate o un puñado de cigarrillos.

La posguerra se iniciaba en toda Europa bajo el signo del hambre y la miseria material y moral. En las ciudades se amontonaban las ruinas, los excombatientes, los huérfanos, los parados. Llegó el racionamiento, el mercado negro, el Plan Marshall, el reparto de botín. Alemania, dividida en cuatro zonas (norteamericana, británica, francesa y rusa) estaba no sólo derrotada, sino aniquilada. La que hasta entonces había sido orgullosa capital del Reich, Berlín, quedaba circunscrita en zona rusa excepto la mitad occidental de la ciudad (que en su día había de depender del Gobierno de la República Federal con sede en Bonn) lo cual provocó en 1948, a raíz del bloqueo decretado por las autoridades orientales, el «Puente Aéreo» organizado por los norteamericanos, una de las operaciones de abastecimiento civil por vía aérea más impresionantes de la historia de la aviación.

El general George C. Marshall, de acuerdo con el presidente Truman, ideó y puso en práctica un vasto proyecto de ayuda económica a la Europa famélica: el Plan Marshall, que dejaría al viejo continente hasta el cuello de deudas por muchos años y sujeta a compromisos político-económicos que todavía hoy colean. Mientras, el revanchismo y la desnazificación se extendía, y alcanzaban la misma intimidad de los maltrechos hogares; se sucedían las crisis de gobiernos, los derrumbes monárquicos, las huelgas, el desempleo y la delincuencia. En Estados Unidos surgieron oleadas de gangsterismo que recordaban las de los años treinta. La ONU (de la que España siguió excluida durante toda la década) estrenó en Nueva York un nuevo y flamante hogar, con nuevos y flamantes problemas.

En Francia, el general De Gaulle, que intentaba formar gobierno según su «real» entender, se vio frenado por la coalición parlamentaria de liberales y comunistas, entonces en plena luna de miel, y optó por retirarse de la escena política, a la que no volvería hasta doce años después. A principios de 1948, el asesinato del Mahatma Gandhi estremece al mundo; el hombre singularísimo que estuvo al servicio del Imperio británico como sanitario en la guerra de los boers y al producirse la sublevación de los zulúes (1899 y 1906, respectivamente) y que desde hacía años propagaba la necesidad de una India independiente mediante huelgas de hambre y encarcelamientos que se hicieron famosos en todo el mundo, el hombre sin duda bueno que no estaba dispuesto a tomar la libertad, sino a recibirla, con su «no-acción» y su pacifismo, que tan poco parecían responder a las urgentes necesidades sociales y económicas de la sempiterna hambrienta India (ayer y hoy) no consiguió sino una muerte violenta. Un año después, el proceso Mindszenty acapara de nuevo la atención mundial, al mismo tiempo que se hacen famosos el padre Lombardi (que recorre el mundo prometiendo una nueva era de felicidad y de paz) y el bandido Salvatore Giuliano, que reina en Sicilia. En fin, 1950 es el año de la canonización de Maria Goretti, la muchacha italiana que dicen prefirió la muerte antes que entregar su virginidad a la fuerza. Y la década expira con un nuevo olor a pólvora y bajo el terror atómico: la guerra de Corea.

LA DIFÍCIL PAZ

Cuando terminó la guerra y los combatientes depusieron las armas, cuando las campanas de todo el mundo repicaban de júbilo y la gente se echaba a las calles a festejar el fin de la pesadilla, el gran acontecimiento de la paz recobrada, en varios países había lucha y millones de hombres seguían matándose, especialmente en China, vasto escenario de una de las grandes convulsiones de la Historia: la revolución acaudillada por Mao Tse Tung.

Había guerra en Grecia, Palestina, Indochina, Indonesia. Guerra colonial en unos casos, secuelas de la recién terminada conflagración mundial en otros. Judíos de todos los países confluían a Israel y el mundo contemplaba el doloroso parto de una nueva nación. Proseguía la represión gubernamental contra los comunistas en Grecia y reinaba gran inquietud en las zonas fronterizas de Albania, Yugoslavia y Bulgaria. Los comunistas griegos, declarados fuera de la ley al finalizar la guerra, pese a la ayuda que habían aportado a la victoriosa causa aliada, exigían con las armas un destino político y social para Grecia distinto a aquel que habían decidido los cuatro grandes al repartirse las zonas de influencia en el mundo. El *caso griego* coleó mucho tiempo en la ONU, y los rebeldes que actuaban en Macedonia y Tesalia bajo la protección de yugoslavos, búlgaros y albaneses, fueron calificados de «bandidos» en el Consejo de Seguridad, y el comunismo fue finalmente aplastado en Grecia.

Indonesia, por su parte, luchaba por su independencia. En 1946, cuando el armisticio entre los rebeldes indonesios y el Gobierno holandés estableció una precaria paz que permitió proseguir las negociaciones, las guerrillas javanesas reanudaron sus actividades contra el ejército holandés y contra los «boinas verdes» comandados por Westerling, un aventurero que se hizo célebre por sus brutales represiones contra civiles, mujeres y niños. Indonesia conseguiría al fin su independencia, y, constituida en República bajo la presidencia del doctor Sukarno, pasaría al primer plano de la actualidad. Vietnam (entonces Indochina francesa) iba camino de esos treinta años de guerra ininterrumpida cuando ya su máxima figura política empezaba a labrar su propia leyenda: Ho Chi Minh. Toda una vida dedicada a luchar por la independencia de su patria. El presidente de Vietnam, que en 1920 había sido uno de los fundadores del Partido Comunista Francés, combatió con sus fuerzas del Vietminh a los invasores japoneses durante la segunda guerra mundial, para proseguir luego la batalla contra los franceses, que nueve años después serían finalmente derrotados en Dien Bhien Phu, aunque no por ello llegaría la paz a Vietnam: se fueron los franceses, pero vinieron los norteamericanos, empeñados en proseguir una guerra que les exigiría un tributo de muertos que hoy es ya superior al que les costó la segunda guerra mundial.

Otro personaje de auténtica proyección mundial fue sin duda Mao Tse Tung, que después de largos años de lucha contra Chiang Kai Chek y sus fuerzas nacionalistas por un lado, y contra los japoneses por otro logró imponerse con su revolución en 1948. El Generalísimo Chiang Kai Chek, abandonado por los mismos norteamericanos, se refugió en Formosa nutriendo vagas maquinaciones contra su eterno enemigo y vencedor. El triunfo de la revolución china y la consiguiente implantación del comunismo en un país de más de 700 millones de habitantes, fue sin duda el gran acontecimiento político de la década y uno de los que más había de influir en el equilibrio de poderes en el mundo.

Pero no habían de transcurrir ni dos años para que un nuevo estremecimiento bélico sacudiera bruscamente al planeta: la guerra de

Corea. Con una terrible amenaza, esta vez: la atómica. En efecto, tras el inicio de las hostilidades en el famoso Paralelo 38 el 2 de septiembre de 1949, se convertiría en una guerra cuyas dimensiones reales, geográficas, desbordarían por vez primera en la Historia su propio marco para contagiar con el pavor de una catástrofe atómica a toda la humanidad. Así nacía, entre otras cosas, el concepto de lo que luego se llamaría «guerra fría», una nueva forma de equilibrio sobre la cuerda floja de las mutuas amenazas, algo que impregnaría siniestramente toda la década de los años cincuenta. Mientras, saltaban otra vez a la escena política y militar los nombres de MacArthur y Truman, y los de Syngman Rhee, presidente de Corea del Sur y pro-yanqui, y los de Foster Dulles, Trygve Lie, etc.

Así moría, de nuevo armada hasta los dientes, desesperada, exhausta, una de las décadas más sobrecargada de acontecimientos, cadáveres, ruinas, crímenes, traiciones, héroes, llanto y miseria. Así terminaban los feos años cuarenta, con una nueva guerra que nadie sabía lo que iba a durar ni qué dejaría en pie. Y es lo que ya dijo Maquiavelo en *El Príncipe*: «Se hace la guerra cuando se quiere, se termina cuando se puede.»

IMÁGENES DE LA DÉCADA

156

157

156. El Führer sube y sube los peldaños de una Europa confusa y amedrentada. Le gustan mucho las ceremonias gigantescas, al Führer, los delirantes escenarios, el clamor y el pendoneo bélicos. Por ahora todo marcha.

157. Celebración de un aniversario entrañable para el nacionalsocialismo: el de la marcha de los nazis sobre Munich el 9 de noviembre de 1923. Bajo antorchas humeantes, colgajos y emblemas al gusto triunfalista del Führer, se ven de derecha a izquierda: Frick, Kriebel, Graf, Hitler, Goering y Weber. Europa empezaba a sangrar.

158

159

160

158. Esta mujer checoslovaca, obligada a rendir el saludo fascista ante el paso de las invasoras tropas alemanas, es el símbolo de la patria humillada.

159. 3 de octubre de 1939: después de una tenaz e inútil resistencia, el Mando cívicomilitar de Varsovia rinde la ciudad a las tropas alemanas.

160. 1941, época de los grandes triunfos alemanes. Una plaza de Praga, con la V de la victoria pintada en el suelo.

161

162

161. El acorazado de bolsillo alemán *Graf von Spee*, desde los primeros días de la guerra, había causado graves daños a los cargueros británicos en el Atlántico Sur. El 14 de diciembre de 1939, atacado y perseguido por tres cruceros ingleses, se refugió en el puerto neutral de Montevideo. Uruguay le concedió un plazo de setenta y dos horas para abandonar el puerto, y su comandante, viéndose en la incapacidad de proseguir su ruta a causa de las graves averías, ordenó hundirlo en el estuario del Río de la Plata. El capitán Langsdorf se suicidó poco después. En la foto, después de ser abandonado por la tripulación, el *Graf von Spee* se hunde.

162. Una curiosa fotografía de Joseph Goebbels. En el último día de la guerra le tocó a él la misión de proporcionarle a Hitler su última ilusión: le informó de que el horóscopo daba por cierta la victoria alemana.

163

164

163. En una recepción, Goering con su esposa Emma Sonnemann, bella y elegante, sonrosada y rubia, una imponente valkiria. Por ahora todo sonríe a los Goering.

164. El zorro del desierto, Feldmarschall Erwin Rommel, el más popular de los generales alemanes y uno de los estrategas más brillantes y audaces de la segunda guerra mundial. Adorado por sus soldados del Afrika Korps, Rommel, envuelto en la espantosa represión del 20 de julio de 1944 que siguió al atentado contra Hitler, se vio obligado a elegir entre el cianuro y el tribunal del pueblo. Se suicidó el 14 de octubre de 1944.

165

166

165. El balcón del palacio de Venecia, en Roma, donde Benito Mussolini se asoma al mundo y a la historia para anunciar enfáticamente a su pueblo la entrada de Italia en la guerra.

166. La entrevista del Führer y el Duce, en Florencia, acompañados de sus respectivos ministros de Relaciones Exteriores Von Ribbentrop y el conde Ciano.

167

168

167. «A ninguno de nosotros nos gusta el régimen de Franco. A mí, personalmente, me gusta tan poco como la actual administración británica *(grandes risas y aplausos)*... Se dice que cada nación tiene el Gobierno que merece *(aplausos)*. Evidentemente, esto no se aplica en el caso de Gran Bretaña». Churchill, discurso en la Cámara de los Comunes, 5 de junio de 1946.

168. A punto de finalizar la guerra, en abril de 1945, falleció Roosevelt. Le sucedió en la presidencia de Estados Unidos Harry S. Truman.

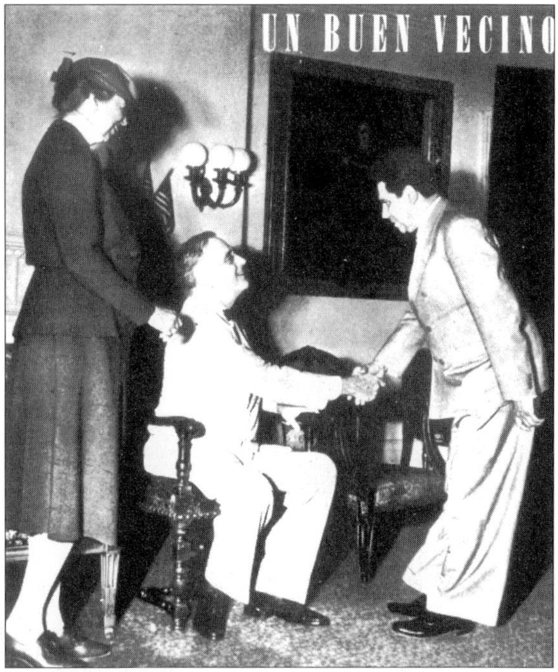

169

170

169. La política del «Buen Vecino» ayudó a ganar la guerra contra las potencias del Eje, y este cartel lo ilustra perfectamente. Pero el «Buen Vecino» entró en casa y se quedó, y allí sigue.

170. La señora de Franklin D. Roosevelt confraternizando con las Primeras Damas de los países latinoamericanos y dando ejemplo de buena vecindad.

171

172

171. José Stalin con el mariscal Vorochilov, que dirigió personalmente la defensa de Leningrado.

172. El teniente general Bernard Law Montgomery, Jefe del VIII Ejército británico, que intervino en las operaciones ofensivas en los territorios de la Tripolitania.

173

174

173. El general MacArthur, comandante en jefe de las fuerzas norteamericanas en el Pacífico, vencedor del Japón.

174. Los generales Giraud y De Gaulle se estrechan la mano ante Roosevelt con ocasión de la entrevista de Casablanca.

175

176

175. Presidido por el Jefe del Estado, mariscal Pétain, el Gobierno constituido en Francia por Pierre Laval celebró en Vichy sus primeros Consejos de Ministros.

176. Hacia la segunda mitad de la década, la falda larga se impuso de modo fulminante. Airadas voces de nobles varones se alzaron inútilmente en contra de esta moda.

177

178

177. A partir de 1946, el «dos piezas» sería llamado «bikini».

178. Veronica Lake lanza un peinado que causa furor. Millones de hombres de todo el mundo estuvieron de pronto dispuestos a casarse con una bruja. ¿Por qué? Con la película *Me casé con una bruja*, Veronica Lake puso de moda un peinado que todas las mujeres imitaron, una melena larga y lisa que casi tapaba el ojo derecho. El fenómeno fue tan generalizado que el Congreso norteamericano tuvo que prohibirlo y recomendó a la actriz que se peinase de otra manera porque provocaba, en sus imitadoras y fans, accidentes a causa de la mala visibilidad y de los pelos al enredarse en las maquinarias que las mujeres usaban en su trabajo.

179

180

179. El pantalón de golf fue una de las supervivencias de la moda de los treinta. Las Juventudes Hitlerianas también lo llevaron cuando saqueaban las librerías de obras antialemanas, que luego quemaban en grandes hogueras en el centro de Berlín. Una mezcla de señoritismo y chulería en pantalón de golf.

180. En 1949, un calendario popularizó la imagen de una muchacha desnuda. Los soldados yanquis de la guerra de Corea la clavaron sobre sus camastros. Ella no tardaría en ser famosa: Marilyn Monroe.

181

182

181. El profesor alemán Wernher von Braun, que en la presente fotografía aparece con el brazo enyesado, es uno de los científicos alemanes que más contribuyeron a la realización de la V-2 germana. Hecho prisionero por el séptimo ejército norteamericano en los Alpes austriacos, adoptó la nacionalidad norteamericana. A la izquierda del mismo aparece el mayor-general Walter Dornberger, director que fue del Centro experimental de las armas secretas alemanas, situado en Peenemunde, en la costa del mar Báltico.

182. París 1940, *rue* de Rivoli. Vacías las calles, resuena la bota alemana. El hotel Meurice es ahora la sede del mando nazi en la ciudad.

183

184

183. Churchill en un barrio londinense después de un bombardeo.

184. Ruinas de Stalingrado. Desde noviembre de 1942 hasta enero de 1943 se luchó casa por casa, calle por calle, en una espantosa batalla que había de culminar con la victoria rusa sobre los IV y VI ejércitos blindados del mariscal Paulus, al que Hitler no permitió renunciar en ningún momento a la toma de la ciudad.

185

186

185. El mariscal Paulus en los últimos días de la batalla de Stalingrado.

186. 6 de Junio de 1944: Desembarco en Normandía. «*Full victory, nothing else...*» (Victoria total, nada más…), Eisenhower.

187

188

187. 26 de agosto de 1944: liberada Francia del poder nazi, el general De Gaulle desfila bajo el Arco de Triunfo con sus compañeros de Londres y el Comité Nacional de la Resistencia.

188. Berlín, la ciudad más bombardeada de la guerra, objetivo de los ejércitos aliados, que la atacan desde el Este y el Oeste. En la fotografía aparece la avenida Unter-den-Linden, con el cráter abierto por una bomba. Al fondo, la puerta de Brandenburgo.

189

190

189. Mayo de 1945: la bandera soviética ondea ya en lo alto del Reichstag.

190. El almirante Yamamoto. Junto con el también almirante Nagumo y el general Tojo, del Imperio del Sol Naciente, decidieron y realizaron el ataque por sorpresa a la base yanqui de Pearl Harbour.

191

192

193

191. El precio de la victoria de Iwo Jima. El cementerio, todavía incompleto de la tercera y la cuarta división de infantería de marina de Estados Unidos.

192. Un siniestro artefacto acaba de ser puesto a punto en Norteamérica. He aquí la bomba A que estallará sobre Hiroshima el 6 de agosto de 1945, a las 8.15 h.

193. Más de 160.000 japoneses sufrieron las consecuencias de la bomba atómica.

194

195

194. Miles de cadáveres carbonizados, mutilados, amontonados antes de recibir sepultura. Esto fue una población civil indefensa, con mujeres, niños y ancianos.

195. A pesar de sus buenas relaciones, el Führer no conseguiría torcer la voluntad del Caudillo y España no entraría en la guerra. En la foto, Hitler y Franco en su entrevista en Hendaya.

196

197

196. El Caudillo de España, Generalísimo Franco, y el Duce de Italia, Benito Mussolini, durante su entrevista en Bordighera el 12 de febrero de 1941, a la que también asistió el ministro español de Asuntos Exteriores y presidente de la Junta Política, Ramón Serrano Súñer.

197. El general Muñoz Grandes en el momento de serle impuesta la Cruz de Hierro en noviembre de 1941.

198

199

198. Su Majestad Católica don Alfonso XIII de Borbón y Habsburgo-Lorena, rey de España, muere en Roma, en la habitación número 32 del Gran Hotel, a las 11.40 de la mañana del 28 de febrero de 1941. Contaba 55 años de edad y diez de destierro de la patria. Poco antes había abdicado a favor de su hijo don Juan.

199. En las calles, colas. En las colas, cartillas de racionamiento. Y movimientos migratorios en todo el país, y estraperlo, y «Piojo Verde». Y en la mesa de muchos españoles —no todos—, pan negro, azúcar «amarillo», chocolate de «algarrobas», boniatos, lentejas y *farinetes*. Y que no faltara.

200

201

200. Rita Hayworth —*Gilda*— fue sin discusión la reina del sexy de los cuarenta. Una canción, *Amado mío*, y un tímido *striptease* (el largo guante satinado) le bastaron para entronizarla.

201. Johnny Weissmuller, el mejor Tarzán de todos los tiempos. Ex *recordman* olímpico de natación, era un joven dios de músculos dorados, rubia pelambre y fresca sonrisa. Un auténtico ario, habría dicho Hitler. El Hombre Mono ideal de la pantalla guardaría fidelidad a su *rol* hasta envejecer, y jamás interpretó en largometrajes a ningún otro personaje que no fuese el de Tarzán.

202

203

202. Charles Boyer, el amante intercontinental por excelencia. Encarnó como nadie el mito del amante francés: mundano, culto, gentil, vagamente peligroso. Boyer creó una nueva ola. La ola que podríamos llamar facial, el cine de «cara y espasmo». La vena que se le marcaba en la frente, en ciertos momentos de arrebato, fue convertida en símbolo erótico por todas las mal casadas, todas las divorciadas y todas las solitarias mujeres de su época. En la foto aparece con Hedy Lamarr, otra gran estrella del momento, en la película *Argel*, rodada en 1938, pero que, como tantas otras, se vio en España en los años cuarenta.

203. *Casablanca*. Millones de personas tararearon la famosa canción *El tiempo pasará...* que el negro Sam tocaba al piano. Con esta película empezó el mito Humphrey Bogart. Un viejo amor, un reencuentro inesperado en país exótico, en el centro de una intriga de espionaje durante la segunda guerra mundial, una pasión renovada, una dolorosa renuncia. *Casablanca* fue la cumbre de un gran cine convencional que sólo podía surgir de los revueltos años cuarenta, y que Hollywood nunca podría volver a repetir. Los héroes fueron Humphrey Bogart, Ingrid Bergman, Claude Rains y Paul Henreid.

204

205

204. John Wayne en *La Diligencia*: personaje y película que habían de quedar como clásicos del Western. Sin embargo, Wayne, que seguiría encarnando aventureros personajes hasta su robusta ancianidad, tardaría en alcanzar el prestigio que ya por entonces gozaba el auténtico «caballero del Oeste», Gary Cooper.

205. Ella Raines, actriz de una rara belleza, cuyo paso por la pantalla resultó fugaz. Poseía unos bellos ojos verdes y una inquietante personalidad, y con sólo un par de películas consiguió millones de admiradores. Alcanzó fama mundial con el film *La dama desconocida*, junto a Franchot Tone. Intervino también en *El sospechoso*, con Charles Laugthon, *La dama y el detective*, con Rod Cameron, hasta que desapareció de pronto con gran desconsuelo por parte de quienes admiraban su fina personalidad.

206

207

206. Vivien Leigh y Clark Gable en *Lo que el viento se llevó*, la gigantesca superproducción de David O. Selznick que invadió todos los cines del mundo en los años cuarenta y se mantuvo en cartel durante meses y meses. Con esta película, Clark Gable se convirtió definitivamente en el seductor número 1 del cine y consiguió el título de «El Rey».

207. *El gran dictador*, de Charles Chaplin. Una sátira mordaz no sólo contra Hitler y el nazismo, entonces triunfantes en una Europa que ya empezaba a olvidarse de reír, sino también contra la remozada idea del totalitarismo que encandilaba a tantos. Naturalmente, el film no obtuvo distribución en Italia ni en Alemania hasta después de la guerra, ni en España hasta la transición.

208

209

208. Cary Grant, un viejo amigo. Dueño de una muy particular expresividad cómica, elegante, simpático, desenvuelto, obtendría gran éxito con innumerables películas de corte cómico-romántico, entre las cuales le daría mucha popularidad *Arsénico por compasión*, la divertida comedia de Frank Capra.

209. Gary Cooper, el «bueno». Fue un seductor dulce y hogareño, y, sobre todo, un formidable caballista y un experto en el revólver. Jamás encarnó a gángsters ni villanos, y sólo una vez a un tipo de dudosa moral. Sus grandes éxitos fueron *Sargento York*, *El Forastero*, *Búfalo Bill*, *Por quién doblan las campanas*, *Bola de fuego*, *Policía Montada del Canadá*.

210

211

210. James Stewart, el «tímido» galán de tantas comedias sentimentales, el eterno pasmarote, el ingenuo y enamoradizo piernaslargas. También fue consumado *cowboy* aunque poco amigo de violencias. Animó varias películas de Frank Capra (*¡Qué bello es vivir!*, *Caballero sin espada*), pero su gran éxito fue *Arizona*, con Marlene Dietrich.

211. Diana Durbin estuvo regalando (a veces martirizando) nuestros oídos durante casi toda la década. Sus inefables gorgoritos, su indoblegable manía por convertirse en todas sus películas en una gran estrella del canto, persiguiendo por todas partes al maestro Stokowski, acorralándole para cantarle algo en los sitios más inverosímiles (en un coche-cama, en el pasillo de un hotel, en plena calle) llegaron a ser casi una pesadilla para el espectador, que al fin, al ver a la Durbin cantar en público ante la orquesta de Leopold Stokowski, satisfecha una vez más su manía, respiraba aliviado. La foto corresponde a (precisamente) *Loca por la música*.

212

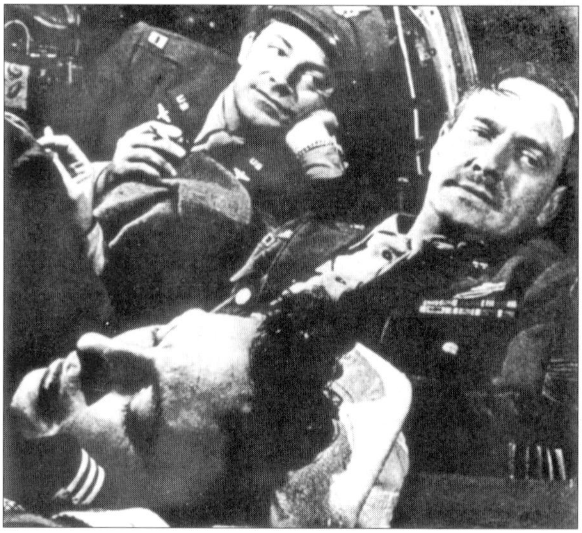

213

212. Siguiendo las huellas de su ilustre compatriota Greta Garbo, la sueca Ingrid Bergman llega a Hollywood en los primeros años cuarenta. Le esperan grandes éxitos: *Por quién doblan las campanas* (foto, con Gary Cooper), *Casablanca*, *Luz de gas*, *Recuerda*, *El doctor Jekyll y Mr. Hyde*, *Intermezzo*.

213. *Los mejores años de nuestra vida* (1946), con Fredric March, Dana Andrews, Myrna Loy, Teresa Wright y Harold Russel (actor no profesional, un marino que había perdido sus dos manos durante la guerra y que se interpretaba a sí mismo). Film de gran éxito, producido por Samuel Goldwyn y dirigido por William Wyler, que refleja los problemas de adaptación laboral y familiar de los combatientes al regresar al hogar.

214

215

214. *La ciudad de los muchachos*, con Spencer Tracy (el padre Flanagan) y Mickey Rooney, otro gran éxito de público. Cine jovial, emotivo, que destilaba una astuta mitología de bondad y de paz típicamente americanas, valores (en el momento que míster Marshall llegaba a la Europa en ruinas «regalando» dólares y sonrisas) encarnados por el gran Spencer Tracy en una de sus creaciones más humanas y entrañables.

215. *Sangre, sudor y lágrimas*, film inglés de Noel Coward (centro) que narraba con notable realismo los avatares de la guerra contra Alemania. El título proviene de una célebre alocución de Churchill dirigida a sus compatriotas en un momento muy duro para Inglaterra, y que empezaba así: «Sólo os prometo sangre, sudor y lágrimas...» La película, a su estreno en el cine Kursaal de Barcelona, fue pateada y silbada por un grupo de falangistas, que causaron destrozos en la pantalla.

216

217

216. *San Francisco*, con Clark Gable (inolvidable Blaky Norton), Spencer Tracy y Jeannette Mac Donald.

217. Orson Welles escribe, interpreta y dirige una extraordinaria película que sólo llegaría a España 25 años después: *Ciudadano Kane*. Un inteligente y feroz retrato de Norteamérica en la persona de un multimillonario propietario de una gran cadena de periódicos (el personaje en el que Welles se inspiró era Hearst, magnate de la prensa yanqui) y además politicastro sin escrúpulos, devorado al fin por su imperio, su soledad y sus recuerdos de la infancia. Orson Welles realizó esta película a los 24 años, revolucionando el estilo y las técnicas del cine en una forma que no se había visto desde Eisenstein.

218

219

218. *Iván el Terrible*, de S. M. Eisenstein. *El acorazado Potemkin* queda lejos y cerca, siempre cerca, porque es el abecé del cine. Posiblemente ésta es la película de la década que expresa el lenguaje cinematográfico más puro. El personaje de *Iván el Terrible* fue interpretado por Nicolai Tcherkassov, el actor número 1 del cine soviético, con toda la autoridad, el poder y la nobleza que exigía la recreación histórica. Este film, terminado después de grandes trabajos en 1944, es el testamento cinematográfico de Eisenstein.

219. *Ladrón de bicicletas*, de Vittorio de Sica, irrumpió de pronto en las pantallas del mundo con su desesperado y sostenido clamor de justicia, pan y trabajo. El cine se ponía serio. Un título señero en la historia del neorrealismo cinematográfico italiano, iniciado por Rossellini con *Roma, ciudad abierta*. Con argumento de Cesare Zavattini, con actores no profesionales, rodada con escasos medios económicos, esta película tuvo en su momento la osadía de proclamar: «Los Estados han ganado la guerra, los pueblos la han perdido.»

220

221

220. Al final de la década, cuando el firmamento de Hollywood empezaba a apagarse, hubo un parto de luz: Marilyn Monroe.

221. Adolf Eichmann, jefe del Departamento de Asuntos Judíos para la Gestapo, uno de los principales promotores de la *Solución Final*. Al término de la guerra se fugó del campo norteamericano donde había sido internado, pero en 1960, capturado en la Argentina por unos agentes israelíes, sería juzgado y ejecutado.

222

223

222. Súbditos alemanes procedentes de la Polonia ocupada por los Soviets, y que han sido repatriados a Alemania, esperando en una estación el momento de reanudar el viaje.

223. Deportaciones de judíos hacia los campos de la muerte. Van en vagones de ganado, con un número en el brazo, con sus hijos y sus enseres. Muchos de ellos salían del tren para entrar directamente a la cámara de gas.

224

225

224. Joseph Kramer, el verdugo de Belsen, que ejerció un poder absoluto sobre la vida y la muerte de millares de judíos y prisioneros de guerra.

225. Belsen. El doctor Klein posa para la posteridad en medio de sus víctimas. Les inyectaba bencina en las venas.

226

227

226. Aldous Huxley.

227. Boris Vian: «Yo nunca tendré 40 años.»

228

229

228. Ilya Ehrenburg.

229. Jean Paul Sartre.

230

231

230. Edith Piaf.

231. Joe Louis.

232

233

232. Fausto Coppi.

233. Manuel Rodríguez «Manolete», la máxima figura española del toreo en los años cuarenta. El 28 de agosto de 1947, toreando en la plaza de Linares con Luis Miguel «Dominguín» y Gitanillo de Triana, fue gravemente cogido por el toro *Islero* de la ganadería de Miura, falleciendo en la madrugada del día siguiente.

234

235

234. Adolf Hitler y Eva Braun en los días de gloria y de poder absoluto. Se casaron un día antes de matarse, el 29 de abril de 1945, y los testigos fueron Goebbels y Bormann. Una ceremonia íntima en el búnker, mientras arriba, en las calles de Berlín en ruinas, resonaba ya el paso de las tropas rusas.

235. La última fotografía de Hitler. Eran los últimos días de abril de 1945, y salió un momento de su refugio a contemplar las ruinas de la Cancillería.

236

237

236. Benito Mussolini y Clara Petacci. Piazzale Loreto, Milán, 29 de abril de 1945. En el mismo sitio donde en agosto de 1944 fueron asesinados quince patriotas por los fascistas, los cadáveres de los ajusticiados en Dongo cuelgan boca abajo.

237. El general Jodl firma la capitulación. A su izquierda, el almirante Von Friedeburg.

238

239

238. El teniente general Richard K. Sutherland, jefe del estado mayor de MacArthur, estampa su firma en el histórico documento. El sangriento telón de la última escena de la segunda guerra mundial, cae por fin.

239. La princesa Isabel de Inglaterra.

240

241

240. Don Juan Carlos, a los 4 años con uniforme de capitán, acompañado de una de sus hermanas.

241. 1942. Inglaterra se resiente de la falta de combustibles líquidos, como consecuencia del bloqueo a que se ve sometida por parte de Alemania. Para conjurar la crisis, los industriales se han ingeniado en la construcción de gasógenos de circunstancias, como el que representa la fotografía. En el lugar destinado a los equipajes se ha instalado el gasógeno, que funciona con carbón. El conjunto, aunque tiene poco de estético, es de una indudable oportunidad.

242

243

242. Aspecto general de la sala de justicia de Nuremberg.

243. El banquillo de los acusados por crímenes de guerra: de izquierda a derecha, 1.ª fila: Goering, Hess, Von Ribbentrop, Keitel, Rosenberg, Frank, Frick y Streicher. 2.ª fila: Doenitz, Raeder, Von Schirach, Sauckel, Jodl y Von Papen.

244

245

244. Hermann Goering, sonriente, conversa con su abogado durante una pausa en el proceso.

245. Goering y Hess. Rudolf Hess dio claros síntomas de perturbación mental durante varias sesiones del proceso.

246

247

246. El acusado número 1, Hermann Goering, entra en la sala del juicio. Nada le queda del pasado esplendor que le unió al destino del Tercer Reich, ni la arrogancia del uniforme, ni condecoraciones, ni galones. Nada, excepto las botas. Goering escapó a la horca envenenándose. Se ignora quién le proporcionó el veneno y cómo lo consiguió. Según su hoja de detención del 22 de junio de 1945, el mariscal pesaba 118 kilos cuando se entregó a los aliados. El 10 de marzo de 1946, según carta que le escribió a su mujer, había adelgazado 35 kilos. Estuvo leyendo en su celda, hasta el último día, un libro de ornitología titulado *Con las aves migratorias hacia África*.

247. Pierre Laval en el momento de prestar declaración en el proceso contra el mariscal Pétain. Laval, siempre con su famosa corbata blanca, presidente que fue del Gobierno de Vichy en 1942, huyó a Alemania ante el desembarco aliado (1944) y al año siguiente a España. Ante las reclamaciones diplomáticas de los aliados, el Gobierno español le hizo abandonar el país.

248

249

248. Manifestación de solidaridad ante Franco como respuesta a la actitud de la ONU. Ocurría en Madrid el 9 de diciembre de 1946.

249. Dresde fue bombardeado por la RAF la noche del 13 al 14 de febrero de 1945. Se calcularon 135.000 víctimas y fue el bombardeo más sangriento efectuado sobre población civil en toda la guerra, incluido el de Hiroshima. Cadáveres amontonados en las calles de la ciudad alemana de Dresde, víctimas que recuerdan el horror de las fosas de los campos nazis de exterminio. Churchill sufrió severas críticas a causa de este bombardeo de la RAF.

250

251

250. Rodeada de ruinas, la catedral de Colonia muestra también las heridas de la metralla. La fotografía se obtuvo en los primeros momentos de la entrada de los norteamericanos, y aparecen grupos de soldados alemanes prisioneros.

251. Una línea blanca pintada sobre una tapia señalaba la separación entre las zonas occidental y oriental de Berlín. Estos berlineses toman unas jarras de cerveza en el límite de la zona oriental.

252

253

252. China es ocupada por los japoneses.

253. Desde 1937 China estaba en guerra contra Japón. Pero la lucha revolucionaria interior se remonta a los últimos años veinte. Frente al ejército invasor japonés, los comunistas de Mao Tse Tung y los nacionalistas de Chiang Kai Chek (éste ayudado por los yanquis) unieron sus esfuerzos hasta que se produjo la derrota del Japón en 1945. Luego volvieron a luchar entre sí, pero la Revolución maoísta ya había prendido totalmente en China y Chiang Kai Chek, al que los norteamericanos dejaron de conceder crédito, fue derrotado en 1949 y se refugió en Formosa con su llamado Gobierno de la China Nacionalista. En la fotografía: Chinos arrojados de su hogar por los japoneses.

254

255

254. Mao Tse Tung (a la izquierda) y Chu-Teh, jefes comunistas en China.

255. Mao Tse Tung (izquierda) y Chiang Kai Chek hicieron un brindis por la unidad en agosto de 1945, cuando aquél fue a Chunkin para tratar de establecer un gobierno chino de «coalición». Truman apoyó el plan, que fracasó.

256

257

256. Julio de 1947. El *Exodus 47,* con 4.500 pasajeros a bordo, intentando desembarcarlos en tierras palestinas. Los ingleses impidieron dicho desembarco y devolvieron los pasajeros a Europa. Estos hechos provocaron una fuerte reacción en la opinión mundial. El 14 de mayo de 1948 finalizaba el mandato de Inglaterra en tierras palestinas. 24 horas más tarde, Israel proclamaba su independencia. La guerra era inminente.

257. Mientras las fuerzas norteamericanas se dirigen al frente de combate para contener el avance comunista, la población civil del sur de Corea huye hacia la retaguardia, llevando consigo lo que han podido salvar.

ÍNDICE

Impreso en el mes de abril de 2004
en Hurope, S. L.
Lima, 3 bis
08030 Barcelona